U0722853

雪国

ゆきぐに

[日]川端康成 著

かわばた やすなり

高慧勤 译

长江出版传媒

长江文艺出版社

图书在版编目（CIP）数据

雪国 /（日）川端康成著；高慧勤译. --武汉：
长江文艺出版社, 2023.3（2025.9 重印）
　ISBN 978-7-5702-3004-4

　Ⅰ.①雪… Ⅱ.①川… ②高… Ⅲ.①中篇小说－小
说集－日本－现代 Ⅳ.①I313.45

中国国家版本馆 CIP 数据核字(2023)第 014805 号

雪国
XUEGUO

责任编辑：雷　蕾　付玉佩　　　　　责任校对：程华清
封面设计：郭婧婧　　　　　　　　　责任印制：邱　莉　胡丽平

出版：长江出版传媒 长江文艺出版社
地址：武汉市雄楚大街 268 号　　　　邮编：430070
发行：长江文艺出版社
http://www.cjlap.com
印刷：武汉科源印刷设计有限公司

开本：880 毫米×1230 毫米　　1/32　　印张：8.875　　插页：4 页
版次：2023 年 3 月第 1 版　　　　2025 年 9 月第 2 次印刷
字数：161 千字

定价：38.00 元

版权所有，盗版必究（举报电话：027—87679308　　87679310）
（图书出现印装问题，本社负责调换）

目　录

雪　国

穿过县境上长长的隧道，便是雪国。夜空下，大地赫然一片莹白。火车在信号所前停了下来。

姑娘从对面的座位上起身走来，放下岛村面前的车窗。顿时卷进一股冰雪的寒气。姑娘探身窗外，朝远处喊道：

"站长先生！站长先生！"

一个男人提着灯，慢腾腾地踏雪走来。围巾连鼻子都包住了。帽子的皮护耳垂在两边。

岛村眺望窗外，心想：竟这么冷了么？只见疏疏落落的几间木板房，像是铁路员工的宿舍，瑟缩在山脚下。不等火车开到那里，雪色就给黑暗吞没了。

"站长先生，是我。您好。"

"哦，是叶子姑娘呀！回家吗？天儿可又冷起来啦。"

"听说我弟弟这次派到这儿来工作，承您照顾啦。"

"这种地方，恐怕待不了多久，就会闷得慌了。年纪轻轻的，也怪可怜的。"

"他还完全是个孩子，请您多加指点，拜托您了。"

"好说好说，他干活很卖力。这往后就要忙起来了。去年雪可大哩，常常闹雪崩，火车进退不得，村里送茶送饭的也忙得很呢。"

"站长先生，看您穿得真厚实呀。弟弟来信说，他连背心还都没穿呢。"

"我穿了四件衣服。那些年轻后生，一冷便光是喝酒。现在着了凉，一个个横七竖八全躺在那儿了。"

站长朝宿舍方向扬了扬手上的灯。

"我弟弟他也喝酒么？"

"他倒不。"

"您这就回去？"

"我受了点伤，要去看医生。"

"噢，这可真是的。"

站长的和服上罩着外套，似乎想赶紧结束站在雪地里的对话，转过身子说：

"那么，路上多保重吧。"

"站长先生，我弟弟这会儿没出来么？"叶子的目光向雪地上搜寻着。

"站长先生。我弟弟就请您多照应，一切拜托了。"

她的声音，美得几近悲凉。那么激扬清越，仿佛雪夜里会传来回声似的。

火车开动了，她仍旧没从窗口缩回身子。等火车渐渐赶上在轨道旁行走的站长时，她喊道：

"站长先生，请转告我弟弟，叫他下次休息时，回家一趟。"

"好吧——"站长高声答应着。

叶子关上窗子，双手捂着冻红的脸颊。

这些县境上的山，经常备有三辆扫雪车，以供下雪天之用。隧道的南北两端，已架好雪崩警报电线，还配备了五千人次的清雪民夫，再加上两千人次的青年消防员，随时可以出动。

岛村听说这位名叫叶子姑娘的弟弟打冬天起，便在这行将被大雪掩埋的信号所干活，对她就越发感兴趣了。

然而，称她"姑娘"，不过是岛村自己忖度罢了。同行的那个男子是她什么人，岛村自然无从知道。两人的举止虽然形同夫妻，但是，男的显然是个病人。同生病的人相处，男女间的拘谨便易于消除，照料得越是周到，看着便越像夫妻。事实上，一个女人照顾比自己年长的男子，俨然一副小母亲的样子，别人看着不免会把他们当成夫妻。

岛村只是就她本人而论，凭她外表上给人的印象，便擅自认为她是姑娘而已。或许是因为自己用异样的目光观察得太久，结果把自己的伤感也掺杂了进去。

三个小时之前，岛村为了解闷，端详着左手的食指，摆弄来摆弄去。结果，从这只手指上，竟能活灵活现感知即将前去相会的那个女人。他越是想回忆得清楚些，便越是无从捉摸，反更觉得模糊不清了。在依稀的记忆中，恍如只有这个指头还残留对女人的触感，此刻好似仍有那么一丝湿润，把自己带向那个遥远的女人身边。他觉得有点不可思议，时时把手指凑近鼻子闻闻。无意之中，这个指头在玻璃窗上画了一条线，上面分明照见女人的一只眼睛，他惊讶得差点失声叫出来，因为他魂牵梦萦正想着远方。等他定神一看，不是别的，原来是对面座位上那位姑娘映在玻璃上的影子。窗外，天色垂暮；车中，灯光明亮。窗上玻璃便成了一面镜子。但是暖气的温度使玻璃蒙上了一层水汽，手指没有擦拭之前，便不成其为镜子。

单单映出星眸一点，反而显得格外迷人。岛村把脸靠近车窗，赶紧摆出一副旅愁模样，装作要看薄暮景色，用手掌抹着玻璃。

姑娘上身微微前倾，聚精会神地守视着躺在面前的男人。她肩膀使劲的样子，带点严肃、眨也不眨的目光，都显出她的认真来。男人的头靠窗枕着，蜷着腿，放在姑娘身旁。这是三等车厢。他和岛村不是并排，而是在对面一排的另一侧。男人侧卧着，窗玻璃只照到他耳朵那里。

姑娘恰好坐在岛村的斜对面，本来劈面便瞧得见，但是他俩刚上车时，岛村看到姑娘那种冷艳的美，暗自吃了一惊，不由得低头垂目；蓦地瞥见那男人一只青黄的手，紧紧攥着姑娘的手，岛村便觉得不好再去多看。

映在玻璃窗上的男人，目光只及姑娘的胸部，神情安详而宁静。虽然身疲力弱，但疲弱之中流露出一种怡然的情致。他把围巾垫在脑下，再绕到鼻子下面，遮住嘴巴，接着向上包住脸颊，好像一个面罩似的。围巾的一头不时落下来，盖住鼻子。不等他以目示意，姑娘便温存地给他掖好。两人无心地一遍遍重复，岛村一旁看着都替他们不耐烦。还有，裹着男人两脚的下摆，也不时松开掉了下来。姑娘会随即发现，重新给他裹好。这些都显得很自然。此情此景，使人觉得他俩似乎忘却了距离，仿佛要到什么地角天涯去似的。这凄凉的情景，岛村看着倒也不觉得酸楚，宛如在迷梦中看西洋镜似的。这或许因为所看到的景象，是从奇妙的玻璃上映现出来的缘故。

镜子的衬底，是流动着的黄昏景色，就是说，镜面的映像同镜底的景物，恰似电影上的叠印一般，不断地变换。出场人物与背景之间毫无关联。人物是透明的幻影，背景则是朦胧逝去的日暮野景，两者融合在一起，构成一幅不似人间的象征世界。尤其是姑娘的脸庞上，叠现出寒山灯火的一刹那间，真是美得无可形容，岛村的心灵都为之震颤。

　　远山的天空还残留一抹淡淡的晚霞。隔窗眺望，远处的风物依旧轮廓分明，只是色调已经消失殆尽。车过之处，原是一带平淡无趣的寒山，越发显得平淡无趣了。正因为没有什么尚堪寓目的东西，不知怎的，茫然中反倒激起他感情的巨大波澜。无疑是因为姑娘的面庞浮现在其中的缘故。映出她身姿的那方镜面，虽然挡住了窗外的景物，可是在她轮廓周围，接连不断地闪过黄昏的景色。所以姑娘的面影好似透明一般。那果真是透明的么？其实是一种错觉，不停地从她脸背后疾逝的垂暮景色，仿佛是从前面飞掠过去，快得令人无从辨认。

　　车厢里灯光昏暗，窗玻璃自然不及镜子明亮，因为没有反射的缘故。所以，岛村看着看着，便渐渐忘却玻璃之存在，竟以为姑娘是浮现在流动的暮景之中。

　　这时，在她脸盘的位置上，亮起一星灯火。镜里的映像亮得不足以盖过窗外这星灯火；窗外的灯火也暗得抹煞不了镜中的映像。灯火从她脸上闪烁而过，却没能将她的面孔照亮。那是远远的一点寒光，在她小小的眸子周围若明若暗的闪亮。当姑娘的星眸同灯火重合叠印的一刹那间，她的眼珠儿便像美丽撩人的萤火虫，飞舞在向晚的波浪之间。

　　叶子当然不会知道，自己被别人这么打量。她的心思全放在病人身上。即便转过头来朝着岛村，也不可能望见自己映在窗玻璃上的身影。恐怕更不会去留意一个眺望窗外的男人了。

岛村暗中盯着叶子看了好一会儿，忘了自己的失礼，想必是镜中的暮景有股超乎现实的力量，把他给吸引住了。

所以，她刚才喊住站长，真挚的情义盎然有余，也许岛村那时早就出于好奇，对她发生了兴趣。

车过信号所后，窗外一片漆黑。移动的风景一旦隐没，镜子的魅力也随即消失。尽管叶子那姣好的面庞依然映在窗上，举止仍旧那么温婉，岛村却在她身上发现一种凛然的冷漠，哪怕镜子模糊起来也懒得去擦了。

然而，事隔半小时之后，出乎意料的是，叶子他们竟和岛村在同一个站下车，他觉得好像要发生什么跟自己有点关系的事似的，回过头去看了一眼。但是，一接触到月台上凛冽的寒气，对方才火车上自己的失礼行为，顿时感到羞愧起来，便头也不回地绕过火车头径自走了。

男人把手搭在叶子肩上，正要走下轨道，这边的站务员急忙举手制止。

不一会儿，从黑暗处驶来长长一列货车，将两人的身影遮住了。

旅馆派来接他的茶房，身上是全副防寒装束，穿得跟救火的消防员似的。包着耳朵，穿着长筒胶鞋。有个女人也披着蓝斗篷，戴着风帽，从候车室的窗户向铁道那边张望。

　　火车里的暖气还没从身上完全散掉，岛村尚未真正感到外面的寒意，但他这是初次领略雪国之冬，所以，一见到当地人这副打扮，先自给唬住了。

　　"难道真冷得非穿成这样子不可么？"

　　"是啊，完全是一身冬装了。雪后放晴的头天晚上，冷得尤其厉害。今晚怕是要到零下了。"

　　"这就算是零下了么？"岛村望着屋檐下怪好玩的冰柱，随着茶房上了汽车。一家家低矮的屋檐，在雪色中显得越发低矮。村里一片岑寂，如同沉在深渊中一般。

　　"果然如此，不论碰到什么东西，都冷得特别。"

　　"去年最冷的那天，到零下二十几度呢。"

　　"雪呢？"

　　"雪么，一般有七八尺深，下大的时候，怕要超过一丈二三尺吧。"

　　"哦，这还是刚开头呐！"

　　"可不是，刚开头。这场雪是前几天刚下的，积了一尺来厚，已经化掉了不少。"

　　"竟还能化掉么？"

　　"说不定几时就要下大雪。"

　　现在是十二月初。

　　岛村感冒始终不见好，这时塞住的鼻子顿时通了，一直通到脑门，清鼻涕直流，好像要把什么脏东西都冲个干净似的。

　　"师傅家的姑娘还在不在？"

　　"在，在。她也到车站来了，您没瞧见吗？那个披深蓝斗篷的。"

　　"原来是她？等会儿能叫到她吧？"

　　"今儿晚上吗？"

　　"今天晚上。"

　　"说是师傅家的少爷今儿晚上就搭这趟末班车回来，她来接他了。"

　　暮色中，从镜子里看到叶子照料的那个病人，竟是岛村前来相会的那个女人家的少爷。

　　岛村知道这事，心里不觉一动，可是，对这一因缘时会却并不感到怎么奇怪。他奇怪的，倒是自己居然不觉得奇怪。

　　凭手指忆念所及的女人和眼睛里亮着灯火的女人，这两者之间，不知怎的，岛村在内心深处总预感到会有点什么事，或是要发生点什么事似的。难道是自己还没有从暮色苍茫的镜中幻境里清醒过来？那暮景流光，岂不是时光流逝的象征么？——他无意中这么喃喃自语。

　　滑雪季节之前，温泉旅馆里客人最少，岛村从室内温泉上来时，整个旅馆已睡得静悄悄的。在陈旧的走廊上，每走一步，便震得玻璃门轻轻作响。在长长的走廊那头，账房的拐角处，一个女人长身玉立，和服的下摆拖在冰冷黑亮的地板上。

一见那衣服下摆，岛村不由得一怔，心想，毕竟还是当了艺伎了。她既没朝这边走过来，也没屈身表示迎候，只是站在那里一动不动。远远看去，仍能感到她的一番真情。岛村急忙走过去，默默无言地站在她身旁。她脸上搽了很厚一层白粉，想要向他微笑，反而弄成一副哭相。结果两人谁都没说什么，只是向房间走去。

既然有过那种事，竟信也不写，人也不来，连本舞蹈书都没有如约寄来。在她看来，人家是一笑了之，早把自己给忘了。按说，理应先由岛村赔不是或者辩白一番才是，可是尽管谁也没看着谁，这么一起走着，岛村仍然感觉出，她非但没有责怪自己的意思，反而整个身心都对他感到依恋。岛村觉得不论自己说什么，只会更显得自己虚情假意。在她面前，岛村尽管有些情怯，却仍然沉浸在一种甜蜜的喜悦之中。走到楼梯口时，岛村突然把竖着食指的左拳伸到她面前说：

"这家伙最记得你呐。"

"是么?"说着便握住他的指头不放，拉他上了楼梯。

在暖笼前一松开手，她的脸唰的红到脖子。为了掩饰自己的窘态，又连忙抓起岛村的手说：

"是这个记得我，是么?"

"不是右手，是这只手。"岛村从她掌心里抽出右手，插进暖笼里，又伸出左拳。她若无其事地说：

"嗯，我知道。"

她抿着嘴笑，掰开岛村的拳头，把脸贴在上面。

"是这个记得我的，对么？"

"啊呀，好凉。这么凉的头发，还是头一次碰到。"

"东京还没下雪么？"

"你上一次虽然那么说，毕竟不是由衷之言。要不然，谁会在年底跑到这冰天雪地里来？"

上一次——正是雪崩的危险期已过，新绿滴翠的登山季节。

饭桌上不久就尝不到木通的嫩叶了。

终日无所事事的岛村，不知不觉对自己也变得玩世不恭起来。为了唤回那失去的真诚，他想最好是爬山。所以，便常常独自往山上跑。在县境上的群山里待了七天，那天晚上，他下山来到这个温泉村，便要人给他叫个艺伎来。而那天正赶上修路工程落成典礼，村里十分热闹，连兼作戏园的茧仓都当了宴会的场所。所以，女佣约略地说了一下，十二三个艺伎本来就忙不过来，今天恐怕叫不来。不过，师傅家的姑娘，虽然去宴席上帮忙，顶多跳上两三个舞就会回来的，说不定她倒能来。岛村便又打听姑娘的事。女佣说，那姑娘住在教三弦和舞蹈的师傅家里，虽然不是艺伎，逢到大的宴会等场合，偶尔也应邀去帮忙。此地没有雏伎，多是些不愿起来跳舞的半老徐娘，所以那姑娘就给当成了宝贝。她难得一个人来旅馆应酬客人，但也不完全是本分人家的姑娘。

这一套话，岛村觉得不大可信，根本就没当回事。过了一个来小时，女佣才把那姑娘带了来，岛村惊讶之下，肃然端坐起来。女佣刚起身要走，姑娘一把拉住她的袖子，叫她也坐着。

姑娘给人的印象，是出奇的洁净。使人觉得恐怕连脚丫缝儿都那么干净。岛村甚至怀疑，是不是因为自己刚刚看过初夏山色，满目清新的缘故。

打扮虽然有点艺伎的风致，但和服下摆毕竟没有拖在地上，柔和的单衣穿得齐齐整整。只有腰带不大相称，好像挺贵重似的，相形之下显得可怜巴巴的样子。

女佣趁他们谈起山上的事，抽身走开了。姑娘竟连村里看得见的山都叫不出名字。岛村也没有喝酒的兴致。不料，姑娘却坦直地说起自己的身世：她原生在这个雪国，在东京当女侍陪酒的时候，被人赎出身来。本想日后当个日本舞的师傅借以立身处世；不承想，那位孤老一年半之后便过世了。从他死后到现在的这一段生活，恐怕才算得上是她真正的身世。不过，她似乎并不急于说出来。她说她今年十九岁。要是没谎报，人看上去倒有二十一二了。这一来，岛村才觉得不那么拘束了。

等谈起歌舞伎来，有关艺人的演技风格和消息，她竟比岛村知道得还详细。也许她一直渴望有这样一个人可以谈谈，所以，说得起劲的时候，便露出风尘女子那种不拘形迹的样子。她似乎也懂得一些男人的心思。尽管如此，岛村一上来就当她是好人家的女儿看。再说他在山里有一个星期没怎么和人交谈，正是一腔热忱，对人充满眷恋之情。所以，对这姑娘，首先便有种近乎友情的好感，山居寂寥的情怀，也影响到他对姑娘的态度。

第二天下午，姑娘把洗澡用具放在走廊上，到他房里来玩。

不等她坐定，岛村冷不防提出要她帮着找个艺伎。

"你要我帮忙？"

"这还不明白？"

"你真是！我可做梦也没想到，你会求我这种事。"她愠怒地站起来走到窗旁，眺望县境上的群山。过一会儿，两颊绯红地说：

"这儿没那种人。"

"瞎说！"

"真的嘛！"说着一扭腰，坐到窗台上。"这儿绝对不作兴强迫人。全凭艺伎自己的意思。帮忙介绍之类的事，旅馆一概不管。这是真话。不信，你叫个人来，亲自问问看。"

"那你给找个人求求看。"

“为什么非要我这样做不可?”

“因为我把你当作朋友。既然想跟你交个朋友,所以,就不打你的主意。”

“这就叫朋友么?”她不觉随着说出这么一句孩子气的话来,接着又脱口说道:

“你可真行,居然拿这种事来求我。”

“这又有什么呢?我上山把身体练结实了,脑子却不大清爽。就连跟你也不能爽爽快快地说话。”

姑娘垂下眼睑,默不作声。这样一来,岛村只好厚一厚脸皮,然而,她大概也人情练达,习以为常了。她那低垂的双目,衬着浓黑的睫毛,愈益显得娇艳妩媚。岛村端详之下,姑娘轻轻摇了摇头,脸上微微泛出红晕。

“你就叫一位你看着中意的人来吧。”

“我不是在问你吗?我人地两生,怎么知道谁漂亮?”

“你是说要找位漂亮的?”

“年轻的才好。年纪轻,不论怎么着都错不了,最好不要多嘴多舌的。只要人老实,干净些就行。想聊天时,就找你。”

“我再也不来了。”

“胡说!”

“真的,不来了。来做什么呢?”

“我是想跟你清清白白做个朋友,所以不怎么打你的主意。”

"这是怎么说的!"

"要是有了那种事,说不定赶明儿连你的面都不愿意见了。哪里还有兴致同你聊天!我打山上到村里来,就是为了想跟人亲近亲近,所以跟你才正正经经的。不过,我毕竟是个天涯倦旅的游子呀!"

"嗯,这倒是真话。"

"本来嘛,倘使我找了一个你讨厌的人,等以后见面,你心里也不会痛快。你替我挑,总归要好一些。"

"那谁知道!"她抢白了一句,便掉过脸去,又说,"话倒是不错。"

"要是那样一来,彼此之间便完了。还有什么趣!恐怕也长不了。"

"真的,谁都是这样。我出生在码头,而这儿是温泉村。"想不到姑娘用坦率的口吻说,"客人大多是出门的人。我那时还是孩子,听好多人说过,只有那些心里喜欢你却又没有明说的人,才叫人思念,不能忘怀。即使分手以后也是这样。能够想起你,寄封信来的,也大抵是这一类人。"

姑娘从窗台上站起来,柔媚地坐在窗下的席子上。脸上的神情好像在追思遥远的往事,却蓦地又恢复坐在岛村身旁的表情。

她的声音里透着真情实意,不免使岛村有些内疚,觉得自己是不是轻率地骗了她。

但是，他并没有说谎。无论如何她总还不是风尘中人。他即便要找女人，总可以用问心无愧的方法，轻而易举就能办到，何至于来求她。她太洁净了。乍一见到她，岛村就把那种事同她分开了。

再说，他那时对夏天到哪儿去避暑，尚委决不下。正考虑要不要把家眷也带到这温泉村来。幸而这女郎不是风尘中人，可以请她给太太做伴，无聊时还可以跟她学段舞蹈解解闷。他确是这么真心打算来着。尽管他想跟这姑娘做个朋友，可毕竟还是先试探了一下。

不用说，个中情形，也跟他看暮景中的镜子相仿，以岛村现在的心境而论，不仅不想跟什么不清不白的女人纠缠，恐怕对人也有一种不切实际的看法，如同端详夜色朦胧里映在车窗上的女郎一样。

岛村对西洋舞蹈的趣味也是如此。他生长在东京的商业区，从小便接触歌舞伎戏剧。到了学生时代，他的爱好转向传统舞蹈和舞剧。而他的脾气是，凡有喜好，就非追根究底弄个明白不可。于是便去涉猎古代记载，走访各派宗师，不久又结识一批日本舞坛新秀，居然撰写起研究和评论文章来。舞蹈界对传统歌舞的抱残守缺以及对新尝试的自鸣得意，岛村显然感到不满，因而产生一个念头：只有投身实际运动，别无他法。可是，正当日本舞坛新进人才怂恿他时，他却突然改行转向西洋舞蹈，日本舞连看都不看了。相反，他开始搜集西洋舞蹈方面的书籍和照片，甚至还想方设法从国外搜求海报和节目单之类。那绝不是仅仅出于对异国情调和未知事物的好奇。他之所以能从中发现新乐趣，恰在于无缘亲眼看到西洋人表演的舞蹈之故。日本人演西洋舞，岛村从来不看，便是证明。凭借西洋的出版物，撰写有关西洋舞的文章，哪有比这更轻松的事。看都未看过的舞蹈，便妄加评论，岂不是鬼话连篇！那简直是纸上谈兵，算得是异想天开的诗篇。虽然名曰研究，实则是想当然耳。他所欣赏的，并不是舞蹈家灵活的肉体所表演的舞蹈艺术，而是根据西方的文字和照片自家所虚幻出来的舞蹈，就如同迷恋一位不曾见过面的女人一样。由于他不时写些介绍西洋舞蹈的文字，好歹也忝列文人之属，有时不免自我解嘲，但是对于没有职业的他来说，也未尝不是一种慰藉。

岛村关于日本舞的一席话，居然促使女郎跟他亲近起来，可以说，他的这些知识，到这时才算派上实际用场。不过，说不定岛村无意之间，仍像对待西洋舞那样看待这姑娘。

所以，看到自己那番含着淡淡的旅愁的话，竟触动姑娘生活中的隐痛，便觉得好像欺骗了她，不免有些内疚。于是他说：

"这样的话，下次我把家眷带来，便可无所顾忌地同你畅游了。"

　　"嗯，这我都明白。"姑娘声音沉静地说，脸上带着微笑，然后又多少拿出艺伎那种嘻嘻哈哈的口气说，"我也顶喜欢那样，淡泊一些倒能持久。"

　　"所以你得给我叫一个。"

　　"现在?"

　　"嗯。"

　　"这是怎么说的！大白天的，怎么开得了口！"

　　"别人挑剩的，可不要!"

　　"你怎么说这种话！要是你把这温泉村当成唯利是图的地方，那可就错了。看看村里的情形，你难道还不明白?"她好像挺惊讶，竟一本正经地再三强调本地没有那种女人。岛村不信，她越发顶真起来。但是也退让了几步，说不管怎么着，反正得由艺伎自己做主。艺伎倘若不告诉东家，擅自在外面留宿，出了事自己担责任，东家一概不管；要是事先关照过的，就由东家负责，承担一切后果。据她说，其中还有这样一点差别。

　　"你说的责任是指的什么?"

　　"譬方说，有了孩子啦，或是得了什么病啦。"

　　岛村对自己问这种傻话，不由得苦笑了一下，心想，在这个山村里，说不定真有这种大方的做法。

　　岛村终日无所事事，想寻求一种保护色的心思，也是人之常情，所以旅途中对各处的人情风俗，有种本能的敏感。从山上一下来，在村子古朴的气象中，他立刻感受到一种闲适的情致。向旅馆一打听，果然是这一带雪国中生活最安逸的村落之一。前几年，火车还不通，据说这儿主要是农家温泉疗养地。有艺伎的人家，多是饭馆或卖红豆汤的小吃店，门上挂着褪了色的布帘，只消看一眼那熏黑的旧式纸拉门，不由人不怀疑，这种地方居然还有人光顾；而那些卖日用品的杂货铺或糖果店，也都雇上一名艺伎。掌柜的除了开店，似乎还得种田。大概因为是师傅家的姑娘吧，即使没有执照，偶尔去宴会上帮着应酬，也不会有哪个艺伎说什么闲话。

"那么，究竟有多少人呢？"

"艺伎么？有十二三个吧？"

"哪一个好些呢？"岛村说着便站起来去按铃。

"我要回去了。"

"你回去怎么行？"

"我不乐意嘛。"她像是要摆脱屈辱似的说，"我回去了。你放心，我不会介意的。还会来的。"

但是一看到女佣，她又若无其事地坐了下来。女佣问她几次，叫谁好，她始终没点出一个名字来。

过了一会儿，来了一个十七八岁的艺伎，一见之下，岛村刚下山时那种对异性的渴念，顿时化为乌有。黑黑的手臂，瘦骨嶙峋的，不过人好像未经世故，显得很老实。岛村脸上尽力不露出扫兴的神色，一直朝艺伎那边看，其实是一味在眺望艺伎身后窗外那片新绿的群山。他连话也懒得说了。这真是十足的乡下艺伎。姑娘见岛村闷声不响，似很知趣，默默地起身走了。这一来，场面更加尴尬。约摸过了一小时光景，岛村寻思如何打发艺伎回去，忽然想起收到一笔电汇，借口要赶时间上邮局，便同艺伎走出房间。

然而，一出旅馆大门，抬头望见新叶馥郁的后山，像禁不住诱惑似的，拼命向山上爬去。

也不知道有什么好笑的，竟忍不住一个人笑个不止。

直到觉得累了，才一转身，撩起单和服的后摆，一口气跑下山来。这时，脚下飞起一对黄蝴蝶。

蝴蝶相戏相舞，一会儿便飞得比县境上的山还高，黄黄的颜色，渐渐变白，越飞越远。

"怎么啦?"姑娘站在杉树荫下，"笑得真开心呀。"

"算了。"岛村平白无故又想笑。"我不找了。"

"是么?"

姑娘蓦地转过身，缓缓地走进杉林里。岛村默默地跟在后面。

那里有个神社。长着绿苔的石头狛犬旁边，有块平坦的大石头，姑娘在上面坐了下来。

"这儿最凉快。哪怕是大热天，也有凉风吹来。"

"这里的艺伎全是那副德行吗?"

"差不多吧。年纪大些的倒有标致的。"姑娘低头淡淡地说，颈项间仿佛映上一抹杉林的暗绿。

岛村抬头望着杉树梢。

"这回好了。体力好像一下子全跑了。真怪。"

杉树长得很高，非要把手放在背后，撑在石头上，仰起上半身才能看到树梢。一株株的杉树，排成一行行的，树叶阴森，遮蔽天空，周围渺无声息。岛村背靠的那棵树干，是棵老树，也不知怎的，朝北的一侧，枝丫从下面一直枯到树顶，光秃秃的，宛如倒栽在树干上的尖木桩，像是一件凶神恶煞的武器。

"是我弄错了。从山上下来，头一个见到的就是你，糊里糊涂，以为这儿的艺伎全很漂亮。"岛村笑着说。这时他才发现，在山上待了七天，养精蓄锐，之所以想把过剩的精力一下子消耗掉，实在是因为他先就遇见了这个洁净的姑娘。

她凝目远望，河流在夕阳下波光粼粼。她有些发窘。

"噢，我差点忘了。想抽烟了吧?"姑娘尽量装出轻松的样子说，"方才我回房间一看，你不在。正纳闷，不知怎么回事。忽然从窗子里看见你一个人在拼命爬山，那样子真好笑。见你忘了带烟，顺便给你捎了来。"

说着，从袖子里掏出他的香烟，点上火。

"对那孩子，真过意不去。"

"那有什么，最多咱打发回去，还不是随客人的便。"

河里多石，水声听来圆润而甜美。从杉林的树隙望去，可以看见对面的山，襞皱幽阴。

"除非找个跟你不相上下的，否则以后见到你，心里会感到缺憾的，是不是？"

"那谁知道！你这人可真难缠。"她愠怒地刺了岛村一句。然而，两人之间感情的交流，和没有叫艺伎之前，已全然不同。

岛村心里明白，自己要的，原本就是她，只不过方才照例在兜圈子罢了。对自己感到厌恶之余，看着她却觉得格外俏丽。自从她在杉树荫下喊住他之后，她人陡然间好像变得超尘脱俗起来。

笔挺的小鼻子虽然单薄一些，但下面纤巧而抿紧的双唇，如同水蛭美丽的轮环，伸缩自如，柔滑细腻。沉默时，仿佛依然在翕动。按理，起了皱纹或颜色变难看时，本该会显得不洁净，而她这两片樱唇却润泽发亮。眼角既不吊起也不垂下，眼睛仿佛是故意描平的，看上去有点可笑，但是两道浓眉弯弯，覆在上面恰到好处。颧骨微耸的圆脸，轮廓固然平常，但是白里透红的皮肤，宛如白瓷上了浅红。头颈不粗，与其说她艳丽，还不如说她长得洁净。

就一个陪过酒侍过宴的女人来说，只是稍稍有点鸡胸。

"你瞧，不知什么工夫飞了这么多蚋子来。"她掸了掸衣服下摆站了起来。

在这片静寂之中，一味这么待着，两个人就只会百无聊赖，意兴阑珊。

那天晚上，大概十点钟光景，姑娘在走廊上大声喊岛村的名字，咕咚一声闯进他房里，一下子扑在桌上，醉醺醺地乱抓上面的东西，然后就咕嘟咕嘟净喝水。

说是去年冬天在滑雪场上认识的几个男人，傍晚翻山而来，正好遇上了。于是邀她顺路来旅馆玩玩，并叫了艺伎，胡闹一通，给他们灌醉了。

她晕头晕脑，语无伦次地乱说一气。

"这样不好，我去去就来。他们还以为我怎么的了，准在找我。待会儿再来。"说着踉踉跄跄走了出去。

大约又过了一个钟头，长长的走廊上响起零乱的脚步声，似乎一路跌跌撞撞走了过来。

"岛村先生！岛村先生！"尖着嗓子在喊，"啊，我看不见，岛村先生！"

毫无疑问，这是女人一颗赤诚的心在呼唤心上人。岛村感到很意外。但是，声音那么尖，怕会惊醒整个旅馆，所以困惑地站了起来。姑娘手指戳破纸门，抓住门上木框，一下子扑倒在岛村怀里。

"啊，你在这儿！"

她缠着岛村坐下来，靠在他身上。

"我没醉。嗯，我哪儿醉了？好难受，只觉得不好受。可我人还清醒着呐。哦，想喝水。真不该喝掺了威士忌的酒，喝了会上头。我头痛。他们买的是便宜货，我一点不知道。"说着不住用手心搓脸。

外面的雨骤然下大了。

稍一松手，她便软瘫在那里。岛村搂着她的脖子，脸颊差点压坏她的云鬓。手伸进她的前胸。

对他的要求，她没有搭理，只是抱住胳膊，像门闩似的挡在上面。因为酒醉力怯，胳膊使不上劲。

"怎么回事？这劳什子！妈的，妈的！我一点劲儿也没有，这劳什子！"说着一口咬住自己的胳膊。

他一惊，连忙扳开，胳膊上已经留下很深的牙印。

然而，她已听任摆布。在他手上乱画，说是把她喜欢的人的名字写给他看。写了二三十个演员和明星的名字，接着又写了不计其数的岛村。

岛村掌心里那圆鼓鼓的东西，越来越热了。

"啊，放心了，这回放心了。"他温和地说，甚至有种类似母性的感觉。

姑娘突然又难受起来，挣扎着站起来，匍匐在房间对面的角落里。

"不行，不行。我要回去，回去。"

"怎么能走呢？下大雨呢。"

"光脚回去，爬着回去。"

"那多危险。要回去，我送你。"

旅馆坐落在山岗上，有一段陡坡。

"把腰带松一松，或是躺一会儿，先醒醒酒好吗？"

"那不行。这样就很好。已经习惯了。"她猛地坐直身子，挺着胸，反而更憋得慌。打开窗子想吐，却又吐不出。很想扭动身子翻来滚去，但又咬牙忍住了。这样过了好半天，不时地打起精神，连声嚷着"回去，回去"的。不知不觉竟过了凌晨两点。

"你睡吧！嗳，你去睡嘛！"

"那你呢？"

"就这么着。等酒醒一醒就回去。趁天不亮赶回去。"她跪着蹭过去，拉住岛村。

"别管我，睡你的吧。"

岛村躺进被窝，她趴到桌子上去喝水。

"起来，嗳，我要你起来嘛！"

"你到底要我怎么着？"

"还是睡你的吧。"

"看你还说什么！"说着，岛村站起来。

把她拖了过去。

先是别转脸躲来躲去，不久，猛然把嘴凑了上来。

但接着，像梦吃般倾诉着痛苦：

"不行，不行。你不是说过，我们要做个朋友么？"这句话翻来覆去，也不知说了几遍。

岛村被她真挚的声音打动了，看她蹙额皱眉，拼命压抑自己的那股倔劲儿，不由得意兴索然，竟至心想，要不要信守对她的许诺。

"我已经没什么值得可惜的了，我绝不是舍不得。可我，不是那种人，我不是那种女人呀！这样之后，就长不了，不是你自己说的么？"

她已醉得神志不清了。

"不能怨我，是你不好。你输了。是你软弱，可不是我。"她顺口这么说着，为了克制涌上来的那阵喜悦，咬住了袖子。

她像失了神似的，安静了片刻。忽然又像想起了什么，尖刻地说：

"你在笑！你笑我呐，是不？"

"我没笑。"

"你心里在笑，对吧？这会儿不笑，过后也准会笑。"说着便伏下身子啜泣起来。

但立刻又停住不哭了。好像要把自己整个儿都交给他似的，温柔得如同小鸟依人，款款地谈起自己的身世来。酒醉之后的痛苦，似乎忘在脑后，已经过去。方才的事，一句也没提起。

"哎哟，只顾说话，把什么都忘了。"她羞涩地微笑着。

她说天亮之前非赶回去不可。

"天还很暗。这一带人家都起得很早。"她几次起来开窗探望，"连个人影都没有。今早下雨，谁都不会下田。"

阴雨中，对面的群山和山脚下的屋顶已经浮现出来，她依然恋恋不肯离去。直到旅馆里的人快起来之前，才赶紧拢好头发。岛村想送她到门口，她怕人看见，一个人匆匆忙忙逃也似的溜了出去。岛村当天便回东京去了。

"你上一次虽然那么说，毕竟不是由衷之言。要不然，谁会在年底跑到这冰天雪地里来。再说，事后我也没笑你。"

她蓦地抬起头，从眼皮到鼻子两侧，岛村手掌压过的地方，泛起红晕，透过厚厚的脂粉仍能看得出来。使人联想起雪国之夜的严寒，但是那一头美发鬓黑可鉴，让人感到一丝温暖。

她脸上笑容粲然，也许是想起"上一次"的情景，仿佛岛村的话感染了她，连身体也慢慢地红了起来。她恼怒地垂下头去，后衣领敞了开来。可以看到泛红的脊背，好像娇艳温润的身子整个裸露了出来。或许是衬着发色，使人格外有这种感觉。前额上的头发不怎么细密，但发丝却跟男人的一样粗，没有一丝儿茸毛，如同黑亮的矿物，发出凝重的光彩。

方才岛村生平头一次摸到那么冰冷的头发，暗暗有点吃惊，显然不是出于寒冷，而是她头发生来就如此。岛村不觉重新打量她，见她的手搁在暖笼上，在屈指数数，数个没完。

"你在算什么呢？"岛村问。她仍是一声不响，搬弄手指数了半天。

"那天是五月二十三吧？"

"哦，你在算日子呀。七月八月连着两个大月呢。"

"嗳，是第一百九十九天。正好是第一百九十九天哩。"

"倒难为你还能记住是五月二十三那天。"

"一看日记就知道了。"

"日记？你记日记么？"

"嗯，看看从前的日记，不失为一种乐趣。什么也不隐瞒，照实写下来，有时看了连自己都会脸红。"

"从什么时候开始记的？"

"去东京陪酒前没多久。那时候手头很紧，买不起日记本，只好在两三分钱一本的杂记本上，自己用尺子画上线。大概铅笔削得很尖的缘故，线条画得很整齐。每一页从上到下，密密麻麻写满了小字。等以后自己买得起本子便不行了，用起来很不当心。练字也是，从前是在旧报纸上写，这一向竟直接在卷纸上写了。"

"你记日记没有间断过吗？"

"嗯，数十六岁那年和今年的日记最有趣。平时是从饭局回来，换上睡衣才写。到家不是已经很晚了么？有时写到半截竟睡着了。有些地方现在还能认得出来。"

"是吗？"

"不过，不是天天都记，也有不记的日子。住在这种山村里，应酬饭局还不照例是那一套。今年只买到那种每页上印着年月日的本子，真是失算。有时一写起来就挺长。"

比记日记更让岛村感到意外的，是从十五六岁起，凡是读过的小说，她都一一做了笔记，据说已经记了有十本之多。

"是写读后感么？"

"读后感我可写不来。不过是把书名、作者、出场人物的名字，以及人物之间的关系记下来罢了。"

"记了又有什么用呢？"

"是没有什么用。"

"徒劳而已。"

"可不是。"她毫不介意，爽脆地答道。同时却目不转睛地盯着岛村。

不知为什么，岛村还想大声再说一遍"徒劳而已"，忽然之间，身心一片沉静，仿佛听得见寂寂雪声，这是受了姑娘的感染。岛村明知她这么记绝非徒劳，但却偏要兜头给她来上一句，结果反倒使自己觉得姑娘的存在是那么单纯真朴。

　　她所说的小说，似乎和通常的文学渺不相涉。同村里人的交往也无所谓友情，无非是彼此间借阅妇女杂志之类，然后各看各的。漫无选择，也不求甚解，在旅馆的客厅里只要见到有什么小说或杂志，便借去阅读。即便如此，新作家中，她想得起的名字，有不少连岛村都不知道。她的口气，宛如在谈论远哉遥遥的外国文学，就跟毫无贪欲的乞丐在诉苦一般，听上去可怜巴巴的。岛村心想，自己凭借外国图片和文字，幻想遥远的西洋舞蹈，情形恐怕也与此差可仿佛。

　　对于不曾看过的电影和戏剧，她也会高高兴兴地谈论一番。也许是几个月来，一直渴望有这么一个可以与之交谈的人。她大概忘了，那一次，在一百九十九天之前，也曾热衷于谈论这些，结果竟成为她委身岛村的机缘。此刻，她又纵情于自己所描述的一切，简直连身子都发热了。

　　然而，她向往都会之情，如今也已冷如死灰，成为一场天真的幻梦。她这种单纯的徒劳之感，比起都市里落魄者的傲岸不平，来得更为强烈。纵然她没有流露出寂寞的神情，但在岛村眼中，却发现有种异样的哀愁。倘若是岛村沉溺于这种思绪里，恐怕会陷入深深的感伤中去，竟至于连自己的生存也要看成是徒劳的了。可是，眼前这个姑娘为山川秀气所钟，竟是面色红润，生气勃勃。

　　总之，岛村对她有了新的认识。但在她当了艺伎的今天，却反而难于启齿了。

那一次，她在泥醉之中对自己软瘫无力的手臂，恨得牙痒痒的。

"怎么回事？这劳什子！妈的，妈的。我一点劲儿也没有，这劳什子。"说着便一口咬住自己的胳膊。

因为站不住，倒在席子上滚来滚去。

"我绝不是舍不得。可我，不是那种人，我不是那种女人呀！"岛村想起她这句话，正在游移之间，她也猛然惊觉。正巧这时传来一阵火车汽笛声。

"是零点北上的火车。"她顶撞似的说了一句便站起来，稀里哗啦地拉开纸窗和玻璃窗，凭栏坐到窗台上。

寒气顿时灌进屋内。火车声渐渐远去，听上去如呼呼的夜风。

"喂，不冷吗？傻瓜！"岛村站起来过去一看，没有一丝风。

那是一派严寒的夜景，冰封雪冻，簌簌如有声，仿佛来自地底。没有月亮。抬头望去，繁星多得出奇，粲然悬在天际，好似正以一种不着痕迹的快速纷纷地坠落。群星渐渐逼近，天空愈显悠远，夜色也更见深沉。县境上的山峦已分不出层次，只是黑黝黝的一片，沉沉地低垂在星空下。清寒而静寂，一切都十分和谐。

感知岛村走近身旁，姑娘把胸脯伏在栏杆上。那姿势没有一些儿软弱的表示，衬在这样的夜空下，显出无比的坚强。岛村心想，又来了。

尽管山色如墨，不知怎的，却分明映出莹白的雪色。这不免令人感到远山寂寂，一片空灵。天容与山色之间有些不大调和。

岛村扳着姑娘的喉咙说：

"会着凉的，这么冷！"使劲往后拉她。她攀住栏杆，哑着嗓子说：

"我回去了。"

"你走吧。"

"让我再这样待一会儿吧。"

"那我洗澡去。"

"不嘛，你也留在这儿。"

"把窗关上。"

"再开一会儿。"

村子半隐在神社的杉林后面。乘汽车不到十分钟便可到火车站，严寒中，站上的灯光明灭，瑟瑟有声，仿佛要裂开似的。

姑娘的脸颊，窗上的玻璃，自身棉服的衣袖，所有触摸到的东西，岛村头一回觉得竟是这样的冷。

就连脚下的席子也砭入肌骨。他想独自去洗澡，姑娘说：

"等等，我也去。"乖乖地跟着来了。

　　她正把岛村脱下的衣服收进篮子的时候，一个投宿的男客走了进来。看见姑娘畏缩地把脸藏在岛村胸前，便说：

　　"啊，对不起。"

　　"不客气，请便吧。我们到那边去。"岛村急口说着，光身抱起衣篮走到隔壁的女浴池。当然，姑娘装作夫妇模样跟了过来。岛村一声不响，头也不回，径自跳进温泉。感到宾至如归，直想放声大笑，便把嘴巴对着龙头，使劲漱口。

　　回到房间，姑娘从枕上轻轻抬起头，用小手指将鬓发往上拢了拢。

　　"真伤心。"只说了这么一句便不作声了。

　　岛村以为她还半睁着漆黑的眸子，凑近一看，原来是睫毛。

　　这个神经质的女人，竟然一夜没合眼。

　　硬绷绷的腰带窸窣作响，大概把岛村吵醒了。

　　"真糟糕，这么早就把你吵醒。天还没亮呐，嗳，你看看我好不好？"姑娘熄灭电灯。

　　"看得见我的脸么？看不见？"

　　"看不见。天不是还没亮吗？"

　　"瞎说。你非好好看看不可。看得见不？"说着又敞开窗户。"不行，看见了是不是？我该走了。"

　　晓寒凛冽，令岛村惊讶。从枕上抬头向外望去，天空还是一片夜色，但山上已是晨光熹微。

"对了，不要紧。现在正是农闲，没人会这么一大早出门的。不过，会不会有人上山来呢?"她自言自语，拖着没系好的腰带走来走去。

"方才五点钟那班南下的火车，好像没有客人下来。等旅馆的人起来，还早着呢。"

系好腰带之后，仍是一会儿站一会儿坐，不住地望着窗外，在房里踱蹀。她像一头害怕清晨的夜行动物，焦灼地转来转去，没个安静。野性中带着妖艳，愈来愈亢奋。

不久，房间里也亮了起来，姑娘红润的脸颊也更见分明。红得那么艳丽，简直惊人，岛村都看得出神了。

"脸蛋那么红，冻的吧?"

"不是冻的，是洗掉了脂粉。我一进被窝，连脚趾都会发热。"说着便对着枕边的梳妆台照了照。"天到底亮了，我该回去了。"

岛村朝她那边望了一眼，倏地缩起脖子。镜里闪烁的白光是雪色，雪色上反映出姑娘绯红的面颊。真有一种说不出的洁净，说不出的美。

也许是旭日将升的缘故，镜中的白雪寒光激射，渐渐染上绯红。姑娘映在雪色上的头发，也随之黑中带紫，鲜明透亮。

也许是怕雪积起来，让浴池里溢出的热水，顺着临时挖成的水沟，绕着旅馆的墙脚流，可是在大门口那儿，竟汇成一片浅浅的泉水滩。一条健壮的黑毛秋田狗，站在踏脚石上舔了半天泉水。供旅客用的滑雪用具，好像是刚从仓库里搬出来，靠墙晾了一排。温泉的蒸气冲淡了那上面的霉味。雪块从杉树枝上落到公共澡堂的屋顶，一见热也立即融化变形。

不久，从年底到正月这段日子，那条路就会给暴风雪埋住了。到那时，去饭局应酬，非得穿着雪裤，套着长筒胶鞋，裹在斗篷里，再包上头巾不可。那时的雪，有一丈来深。黎明前，姑娘倚窗俯视旅馆下面这条坡道时，曾经这么说过。此刻岛村正从这条路往下走。从路旁晾得高高的尿布底下，望得见县境上的群山。山雪悠悠，闪着清辉。碧绿的葱还没有被雪埋上。

村童正在田间滑雪。

一进村，檐头滴水的声音，轻轻可闻。

檐下的小冰柱，晶莹可爱。

一个从澡堂回来的女人，仰头望着屋顶上扫雪的男人说：

"劳驾，顺便帮我们也扫一下吧，行吗？"似乎有些晃眼，拿湿手巾擦着额角。她大概是趁滑雪季节，及早赶来当女招待的吧？隔壁就是一家咖啡馆，玻璃窗上的彩色画已经陈旧，屋顶也倾斜下来。

一般人家的屋顶大抵铺着木板条，上面放着一排排石头。这些圆石，只有晒到太阳的一面才在雪中露出黝黑的表皮。色黑似炭，倒不是因为潮湿，而是久经风雪吹打的缘故。并且，家家户户的房屋，给人的印象也类似那些石头。一排排矮屋，紧贴着地面，全然一派北国风光。

孩子们从沟里捧起冰块，往路上摔着玩。想是那脆裂飞溅时的寒光，使他们觉得有趣。岛村站在阳光下，看到冰块有那么厚，简直不大相信，竟至看了好一会儿。

一个十三四岁的女孩，独自靠着石墙织毛线。雪裤下穿双高底木屐，没穿袜子。两只光脚冻得发红，脚板上出了皲裂。身旁的柴垛上，坐个三岁上下的小女孩，乖乖地拿着毛线团。大女孩从小女孩手中抽出来的那根灰色旧毛线，也发出温煦的光泽。

隔着七八家，前面是家滑雪用品厂，从那里传来刨子的声音。工厂对过的屋檐下，站着五六个艺伎，正在闲聊。早晨岛村刚从女侍那里打听到，姑娘的花名叫驹子，心想那儿准有她。果然，她似乎也看见岛村走过来，脸上摆出一本正经的样子。"她准保会脸红。但愿能装得像没事儿人似的才好。"不等岛村这么想，驹子已经连脖子都红了。她本可以回过脸去，结果竟窘得垂下眼睛，但是目光却又追随着岛村的脚步，脸一点一点地朝他转过去。

岛村的脸上也有些火辣辣的，赶紧从她们的面前走过去。这时驹子随即追了上来。

"你真叫我窘死了，居然打这儿过！"

"要说窘，我才窘呢。你们全班人马排开那种阵势，吓得我都不敢过来。你们常这样吗？"

"差不多，下午常这样。"

"一会儿脸红，一会儿又吧嗒吧嗒追上来，岂不是更窘吗？"

"管它呢。"说得很干脆，脸却立刻又绯红了。站在那里，攀着路旁的柿子树。

"我是想请你顺便到我家坐坐才跑过来的。"

"你家就住这儿？"

"嗯。"

"要是给我看日记，我就去。"

"那是我死前要烧掉的东西。"

"不过，你那儿有病人吧？"

"哟，你倒知道得挺清楚。"

"昨晚你不是也去车站接人了么？披了一件深蓝色的斗篷。在火车上，我就坐在病人的近旁。有个姑娘陪着他，既体贴，又殷勤。是他太太吧？是从这里去接他的，还是由东京来的？简直就像母亲似的，我看着很感动。"

"这事儿，你昨晚上怎么不告诉我？为什么那时不说？"驹子嗔怪地问。

"是他太太吗？"

驹子没理他，却说：

"为什么昨晚不说？你这人真怪。"

岛村不喜欢她这种泼辣劲儿。但是，她之所以这么激切，无论对岛村和驹子本人来说，都是没来由的。或许可看成是她性格的流露。总之，在她一再盘问之下，岛村倒觉得好像给抓住了弱点似的。今早，从映着山雪的镜中看到驹子时，岛村当然也曾想起，黄昏时照在火车窗玻璃上的那个姑娘。那时他为什么没把这事告诉驹子呢？

"有病人也不要紧。我房里没人来。"说着，驹子走进低矮的石墙里。

右面是白雪覆盖的菜地，左面在邻家的墙下，栽了一排柿子树。房前好像是花圃，中间有个小小的荷花池。里面的冰块已经捞到池边，池中游着金鲤。如同柿子树的枝干一样，房屋也有些年头了。积雪斑驳的房顶上，木板已经朽烂，檐头也倾斜不平。

一进门，阴森森的，什么都没看清，便给带上了梯子。真是名副其实的梯子。上面的屋子也是名副其实的顶楼。

"这本来是间蚕房。你奇怪了吧？"

"这种梯子，喝醉酒回来，不摔下来真难为你。"

"怎么不摔。不过，那时我就钻进下面的暖笼里，多半就那样睡着了。"驹子把手伸进暖笼摸了摸，站起来取火去了。

　　岛村环视一下这间古怪的屋子。南面只有一扇透亮的矮窗，纸拉窗的细木格上新糊了纸，阳光照在上面很亮堂。墙上也整整齐齐糊着毛边纸。使人有种置身于纸盒的感觉。屋顶上没有顶棚，向窗户那头倾斜下去，仿佛笼罩一层幽暗寂寞的气氛。不知墙的那边是什么样子，想到这里，便觉得这间屋仿佛悬在半空，有点不牢靠似的。墙壁和席子虽然陈旧，却十分干净。

　　岛村想象驹子像蚕一样，以她透明之躯，住在这儿的情景。

　　暖笼上盖着同雪裤一样条纹的布棉被。衣柜大概是驹子住在东京时的纪念品，尽管很旧，却是用木纹很漂亮的桐木做的。但梳妆台是件整脚货，同衣柜不大相称。朱漆针线盒依旧富丽堂皇。墙上钉着几层木板，大约是作书架用的，上面挂着纯毛的帘子。

　　昨晚陪酒穿的那身衣服也挂在墙上，衬衣的红里子露在外面。

　　驹子擎着火铲，轻巧地爬上梯子说：

　　"是从病人房里取来的，不过听人说火是干净的。"说着俯下新梳的发髻，一边拨弄火盆里的灰，一边谈起病人患的是肠结核，回到家乡来等死的。

　　说是家乡，其实少爷并不生在这里。这儿是他母亲的故里。母亲原在一个港口小镇当艺伎，后来便成了教日本舞的师傅，在那里住了下来。可是人还没到五十，便得了中风，这才回温泉村来养病。少爷从小喜欢摆弄机器，进钟表店学手艺，一个人留在镇上。不久又去了东京，好像是上夜校读书。大概是积劳成疾，今年才二十六岁。

驹子一口气说了这些，但是陪少爷回来的姑娘是什么人，驹子为什么住在这户人家里，仍然一句也没提到。

然而，在这间宛如悬空的屋子里，哪怕是这么几句话，驹子的声音似乎也能向四面八方传开去，所以岛村心里怎么也踏实不下来。

刚要跨出门口，看见有个发白的东西，回头一看，原来是只桐木做的三弦琴盒。好像比实物更大更长。他简直没法相信，驹子会带着这个去应酬饭局。这时有人拉开熏黑了的拉门。

"驹姐，从这上面跨过去行么？"

声音清澈悠扬，美得几近悲凉，仿佛不知从哪儿会传来回声似的。

岛村记得这声音，那是叶子在夜车上探身窗外，向雪地里招呼站长的声音。

"不碍事的。"驹子刚说完，叶子穿着雪裤，轻盈地迈过三弦。手上提着一只玻璃夜壶。

从昨晚同站长说话那熟稔的口气，以及身上穿的雪裤来看，叶子显然是本地姑娘。华丽的腰带从雪裤上露出一半，把雪裤上黄黑相间的粗条纹，衬托得格外鲜明。同样，毛料和服的长袖，也显得十分艳丽。雪裤腿在膝盖上方开了叉，鼓鼓囊囊的，不过，棉布的质地坚实挺括，看着挺顺眼。

叶子朝岛村尖利地睃了一眼，一声不响地走过一进门的泥地。

岛村出了大门，仍觉得叶子的目光在他眼前灼烁。那眼神冷冰冰的，如同远处的一星灯火。或许是因为岛村想起了昨夜的印象。昨晚，他望着叶子映在车窗上的面庞，山野的灯火正从她面庞上闪过，灯火和她的眸子重叠，朦胧闪烁，岛村觉得真是美不可言，心灵为之震颤不已。想着这些，又忆起在镜中，驹子浮现在一片白雪之上的那绯红的面颊。

岛村越走越快。尽管他的脚又肥又白，因为喜欢登山，一面看着景致一面走路，竟至悠然神往，不知不觉中加快了脚步。他往往会突然陷入爽然若失的境界，所以，无论是那暮景中的玻璃，抑或是晨雪中的镜子，他绝不相信是出于人工的。那是自然的默示，是遥远的世界。

甚至驹子那房间，他刚刚离开，仿佛也属于遥远的世界似的。这些想法，连他自己都感到惊愕。上了山坡，走来一个按摩的盲女。岛村好像得救似的问：

"按摩的，能给我按摩一下吗？"

"哦，不知道几点钟了？"说着，把竹杖夹在腋下，右手从腰带里掏出一只有盖的怀表，左手的指尖摸着表盘说：

"已经过了两点三十五分了。三点半钟得上车站去一趟，不过迟一些也不打紧。"

"难为你倒能知道表上的时间。"

"是啊，我把表面上的玻璃拿掉了。"

"用手摸一下就能知道表上的字吗?"

"字我倒不知道。"说着，把那块女人用嫌大了的银表又掏出来，揭开表盖，用手指按着给岛村看，说：这是十二点，那是六点，当中是三点。

"然后再推算出时间，虽然不能一分不差，但也错不了两分。"

"哦，是这样。走山路不会失脚滑下去么?"

"要是下雨，女儿会来接我。晚上就给村里人按摩，不上这儿来了。旅馆里的女侍却打趣说，我老伴不放我出来，真没治。"

"孩子大了吗?"

"是的，大女儿已经十三了。"这样说着话，便进了房间。她一声不响地按摩了一会儿，侧起头倾听远处酒席上传来的三弦声。

"这是谁在弹呢?"

"凭三弦声，你能分辨出是哪个艺伎弹的么?"

"有的听得出，也有听不出的。先生，您的境遇相当不错呢，身子骨这么软。"

"还没发硬吧?"

"脖子上的筋肉有点硬。胖得还适度。您不喝酒吧?"

"你居然能猜到。"

"我认识的客人中，有三位体型刚好同您差不多。"

"这种体型太平常了。"

"说真的，要是不喝酒，还真没什么乐趣。喝酒，能叫人把什么都给忘掉。"

"你丈夫喝酒吧?"

"喝得简直拿他没办法。"

"谁弹的三弦，这么蹩脚?"

"可不是呢。"

"你也会弹吧?"

"嗯。从九岁起学到二十岁。成了家以后，有十五年没弹了。"

岛村心里想，瞎子看上去显得比实际年纪轻。

"小时学的，扎实呀。"

"现在手已经只能按摩了，耳朵倒没事，还可以听听。这样听她们弹，有时心里不免有些着急。唉，觉得就跟自己当年似的。"接着又侧耳听了一下说，"可能是井筒家的阿文姑娘。弹得最好的和最差的，最容易听得出来。"

"有弹得好的么?"

"有个叫阿驹的姑娘,年纪不大,近来弹得很见功夫。"

"唔。"

"先生您认识她吧?要说好么,不过是在咱这山村里说说罢了。"

"不,我不认识。不过,昨晚上师傅的儿子回来,我们倒是同一趟车。"

"咦,是病好了回来的?"

"看样子不大好。"

"是么?少爷在东京病了很久,今年夏天驹子姑娘就只好去当艺伎,听说一直汇钱给医院。也不知究竟是怎么回事。"

"你是说那个驹子么?"

"话又说回来,固然是订了婚,也该尽力而为,但这日久天长,可就……"

"你说他们订了婚,真有这回事么?"

"嗯,听说订了婚。我不大清楚,别人都这么说。"

在温泉旅馆,听按摩女谈艺伎的身世,原是司空见惯的事,不料反使人感到意外。驹子为了未婚夫去当艺伎,本来也是极平常的故事,可是,按岛村的心思,却实在难以索解。那也许是同他的道德观念发生抵触的缘故。

他很想再深究一下,可是按摩的竟不再开口了。

即便说，驹子是少爷的未婚妻，叶子是他的新情人，那少爷又将不久于人世的话……这一切在岛村的脑海里，不能不浮现出"徒劳"二字。驹子尽她未婚妻的责任也罢，卖身让未婚夫养病也罢，凡此种种，到头来不是徒劳又是什么呢？

岛村还想，等见到驹子非兜头再给她一句不可，告诉她这"纯属徒劳"。不过，也不知怎的，由此反而更感到驹子的为人，依然还保持她单纯真率的本色。

这种种假相弄得她麻木不仁，难保不使她走上不顾羞耻的地步。岛村凝神吟味着，按摩女走了之后，仍然躺在那里，直到他从心底里感到一阵寒意，才发现窗户一直敞着。

山谷里天暗得早，已经日暮生寒。薄明幽暗之中，夕阳的余晖映照着山头的积雪，远山的距离仿佛也忽地近多了。

不久，随着山的远近高低不同，一道道皱襞的阴影也愈加浓黑。等到只有峰峦上留下一抹淡淡的残照时，峰巅的积雪之上，已是漫天的晚霞了。

村里的河岸上，滑雪场，神社里，到处是一棵棵杉树，憧憧黑影越发分明。

正当岛村陷入空虚和苦闷之中，驹子宛如带着温暖和光明，走了进来。

说是旅馆里在开会，商量接待滑雪旅客的事。驹子是邀来在会后的酒席上陪酒的。一坐进暖笼，便拿手摸着岛村的脸颊说：

"今晚脸色好白，真怪。"

说着，捏着他柔软的脸颊，几乎要掐破似的。

"你真是个傻瓜。"

好像已经有点儿醉了。可是，等散席之后，一来便说：

"不管，再也不管了。头痛，好头痛。啊，好难受呀，难受!"一下子瘫在梳妆台前，顿时脸上醉意蒙眬，甚至有些可笑的样子。

"我要喝水，给我水。"

两手捂着脸，也不怕弄坏发髻，径自躺了下去。一会儿，又坐了起来，用雪花膏擦掉脂粉，露出绯红的面颊。驹子自己也乐不可支地笑个不停。倒也出奇，酒反而很快就醒了。她好像挺冷的样子，肩膀直打颤。

然后，口气很平和地说起，她因为神经衰弱，八月里整月都闲着，什么事也不做。

"我真担心自己会疯了。好像有什么事老也想不开。究竟有什么可想不开的，连自己都莫名其妙。你说多可怕。一点儿也睡不着，只有出去应酬的时候，人还精神些。我做过各式各样的梦。饭也吃不大下。老是拿根针，在席子上扎来扎去的，扎个没完。而且，是在那种大热天里。"

"你几月去当艺伎的?"

"六月。要不然，没准儿我这时已经到滨松去了呢。"

"去结婚?"

驹子点了点头。她说，滨松那个人一直缠着她，叫跟他结婚，可驹子压根儿不喜欢他，始终拿不定主意。

"既然不喜欢，还有什么好踌躇的?"

"哪那么简单。"

"对结婚就那么起劲?"

"你讨厌! 事情当然不是这样，不过，我要是有什么事没了，心里就踏实不下来。"

"嗯。"

"你这人，说话太随便。"

"你同滨松那个人之间，是不是已经有点什么?"

"要是有，何至于这么拿不定主意。"驹子说得很干脆。"不过，他说过，只要我待在这里，他就决不让我同别人结婚，要变着法儿从中作梗。"

"他在滨松那么远，你何苦担这份心。"

驹子沉默半晌，好像身上暖洋洋的，挺惬意，躺在那里，一动不动，忽然，她若无其事地说:

"我还以为是怀了孕呢。嘻嘻，现在想起来真好笑，嘻嘻。"她抿着嘴笑，突然蜷起身子，像孩子似的，两手抓住岛村的衣领。

两道浓密的睫毛合在一起，看着就像是半开半闭的黑眸子。

翌日清晨，岛村醒来时，驹子已经一只胳膊支在火盆边上，在旧杂志上随意乱画。

"嗳，回不去了呢。方才女佣送火进来，真难为情。吓得我赶紧起来，太阳都已经照到纸门上来了。大概昨晚喝醉了，竟迷迷糊糊睡着了。"

"几点了？"

"都八点了。"

"洗澡去吧？"岛村说着也起来了。

"不去，走廊上会碰到人的。"

等岛村从浴池回来，驹子俨然是个温顺本分的女子，用手巾俏模俏样地包着头，正在勤快地打扫房间。

出于洁癖，她把桌子腿、火盆边，都擦了一遍。拨灰弄火也挺麻利。

岛村把脚伸进暖笼，躺在那儿抽烟。烟灰掉了，驹子用手帕轻轻拾掇起来，然后拿来一个烟灰缸。岛村爽朗地笑了起来。驹子也跟着笑了。

"你要是成了家，你丈夫准得成天挨骂。"

"我不是什么也没骂么？平日就连要洗的脏东西都叠得整整齐齐的，人家常笑我。生就的脾气。"

"一般常说，只要看一看衣柜，就可以知道女人的脾性如何了。"

朝阳满屋，温暖宜人。驹子一面吃早饭，一面说：

"天气真好。能早些回去练琴多好。这种天气，连琴声都跟平日不同。"

说着，仰望一碧到底的蓝天。

远山的积雪如同乳白色的轻烟，笼罩在山巅。

岛村想起按摩女的话，便说她可以在这里练琴。驹子马上站起来，打电话叫家里把替换的衣服和三弦的曲本送来。

昨天去过的那种人家，居然会有电话？岛村想到这里，脑海里不禁又浮现出叶子那双眼睛。

"是那姑娘给你送来么？"

"也许。"

"听说，你同那位少爷订了婚，是么？"

"哟，你什么时候听说的？"

"昨天。"

"你这人真怪。听就听说了呗，昨天怎么没说呢？"可是这次不像昨天白天，驹子只是爽朗地微笑着。

"除非瞧不起你，不然就说不出口。"

"言不由衷。东京人就会说谎，讨厌。"

"你看，我刚开口，你就打岔。"

"谁打岔了！那你真相信了么？"

"真相信了。"

"又瞎说。你才没当真呢。"

"当然，也确实有点疑惑。可是，人家说你为了未婚夫才去当艺伎的，好赚钱给他治病。"

"真讨厌，说的就跟新派文明戏似的。订婚什么的全是无稽之谈。大概有不少人都那样认为。其实我当艺伎何尝是为了别人？不过是尽尽人事罢了。"

"你净跟我打哑谜。"

"跟你明说吧，师傅未尝没这么想过：我和少爷若能成婚，倒也不错。尽管她心里这么想，嘴上可从来没提过。不过，师傅的心思，少爷也好，我也好，都隐隐约约猜到一些。可是，我们俩本人也并不怎的，如此而已。"

"你们算得是青梅竹马喽。"

"就算吧。不过，我们可不是在一起长大的。我给卖到东京的时候，是他一个人送我上的车。我最早的日记里，一开头记的就是这件事。"

"要是你们两人都住在港口小镇上，说不定现在已经成家了。"

"我想不至于吧。"

"是吗？"

"少替别人操心吧。他反正不久于人世了。"

"那你在外头过夜总不大好。"

"你不该说这种话。我爱怎么的就怎么的，人都快死了，哪儿还管得着！"

岛村无言以对。

可是，驹子仍然只字不提叶子，这究竟是什么缘故呢？

再说叶子，即便在火车上，也像个小母亲似的，忘我地照料少爷，把他带了回来。现在，又要给这位也不知是他什么人的驹子，一清早就送替换的衣服来，她心里该有何感想呢？

岛村又像往常那样，冥思遐想起来。

"驹姐，驹姐。"外面传来叶子的声音，虽然低沉，却清澈优美。

"嗳，让你受累了。"驹子起身走到隔壁三张席的小房间里。

"阿叶，你来啦。啊哟，全拿来了，多沉啊。"

叶子好像什么也没说便回去了。

驹子用手指把第三弦给挑断，换上新弦，定好音。仅这几下，岛村便已听出她琴艺的精湛纯熟。等她打开暖笼上鼓鼓的包袱一看，除了普通的练习曲谱之外，还有二十几本杵家弥七①的《文化三弦谱》。岛村颇为意外，拿起来问道：

"你就用这个练琴？"

---

① 杵家弥七（1890—1942），日本长歌三弦演奏家，对三弦音乐的普及和现代化卓有贡献。

"可不，这儿又没有师傅，有什么办法。"

"家里不是现成有师傅吗?"

"她中风了。"

"中风了，也可以口授嘛。"

"话也不能说了。左手虽然能动，舞蹈还可以指点一下，弹三弦却叫人听了心烦。"

"谱子看得懂吗?"

"都看得懂。"

"若是一般人倒也罢了，一个艺伎能在偏远的山村里，发愤苦练，乐谱店也准会高兴吧。"

"陪酒时主要是舞蹈，而且，在东京学的，也是舞蹈。三弦只学了点皮毛。忘了也没人指点，只好靠曲谱了。"

"歌曲呢?"

"歌曲可不行。练舞蹈时记得的，还凑合，新曲子是听收音机，要么就是在什么地方听会的，至于好坏，就不知道了。闭门造车，准是怪腔怪调的。再说，在熟人面前，张不开口。若是生人，还敢放开声音唱唱。"说完，不免有些娇羞，然后，仿佛等人唱歌似的，端正姿势，盯着岛村。

岛村不觉为之一震。

他生长在东京的商业区，自幼受歌舞伎和日本舞的熏陶，有些长歌的词句还能记得，那也是听会的，自己并没特意去学。

提起长歌，便立即联想起舞台上的演出，却无从想象艺伎在酒宴上是怎么唱的。

"真讨厌，你这个客人，顶叫人紧张了。"说完，轻轻咬着下唇，把三弦抱在膝上，宛如换了一个人似的，一本正经翻开曲谱。

"这是今年秋天照谱子练的。"

弹的是出《劝进帐》。

蓦地，岛村感到一股凉意，从脸上一直凉到了丹田，好像要起鸡皮疙瘩似的。岛村那一片空灵的脑海里，顿时响彻了三弦的琴声。他不是给慑服，而是整个儿给击垮了。为一种虔诚的感情所打动，为一颗悔恨之心所涤荡。他瘫在那里，感到惬意，任凭驹子拨动的力，将他冲来荡去，载沉载浮。

一个年近二十的乡下艺伎，三弦的造诣本来不过尔尔，只在酒宴上弹弹罢了，现在听来，竟不亚于在舞台上的演出，岛村心里想，这无非是自己山居生活的感伤罢了。这时，驹子故意照本宣科，说这儿太慢，太麻烦，便跳过一段。可是渐渐地，她简直着了魔似的，声音愈来愈高亢，那弹拨的弦音，不知要激越到什么程度，岛村不禁替她捏了把汗，故意做张做致地枕着胳膊一骨碌躺下了。

直到《劝进帐》一曲终了，岛村才松了口气。心想，唉，这个女人竟迷恋上我了，也真是可怜。

"这种天气，连琴声都跟平日不同。"驹子早晨仰望雪后的晴天，曾经这么说过。其实是空气不同。这里没有剧场的环堵，没有听众的嘈杂，更没有都会的尘嚣。琴声清冷，穿过洁无纤尘的冬日清晨，一直响彻在白雪覆盖的远山之间。

她虽然不自觉，但平时的习惯，一向以山峡这样的大自然为对象，孤独地练琴，自然而然练就一手铿锵有力的拨弦。她那份孤独，竟遏抑住内心的哀愁，孕育出一股野性的力。虽说有几分根基，然而，仅凭曲谱来练习复杂的曲子，并能不看谱子弹拨自如，非有顽强的意志，经年累月的努力不可。

驹子的这种生活作为，岛村认为是一种虚无的徒劳，同时也哀怜她作这种可望不可即的憧憬。但对驹子自己来说，那正是生存价值的所在，并且凛然洋溢在她的琴声里。

岛村的耳朵分辨不出她纤纤素手弹拨之灵巧，但能哑摸体会那音调中的感情色彩，所以倒正是驹子最相宜的知音。

弹到第三支曲子《都鸟》时，也许是曲调本身柔婉缠绵，岛村的鸡皮疙瘩之感随之消失，只觉得一片温馨平和。他凝视着驹子的面庞，深感一种体肤之间相亲相近的况味。

细巧挺直的鼻子虽然稍嫌单薄，面颊却鲜艳红嫩，仿佛在悄声低语：我在这儿呢。美丽而柔滑的朱唇，闭拢时润泽有光，而随着歌唱张开来时，又好像立即会合在一起，显得依依可人，跟她人一样妩媚。两道弯弯的眉毛下，眼梢不上不下，眼睛仿佛特意描成一直线，水灵灵亮晶晶的，带些稚气。不施脂粉的肌肤，经过都会生涯的陶冶，又加山川秀气之所钟，真好像剥去外皮的百合的球根或洋葱一样鲜美细嫩，甚至连脖子都是白里透红，看着十分净丽。

她端端正正坐在那里，俨然一副少女的风范，是平时所不见的。

最后，说是再弹一阕新近练的曲子《浦岛》，便看着谱子弹了起来。弹完，将拨子挟在弦下，姿势也随即松弛下来。

陡然间，她神态间流露出一种娟媚惑人的风情。

岛村不知说什么才好，驹子也不在乎他怎么评论，纯然一副快活的样子。

"别的艺伎弹三弦，光听声音，你能分辨出是谁弹的么？"

"当然分得清啦，统共也不到二十个人。尤其弹情歌小调，最能显出各人的特性来。"

说着又捡起三弦，挪了挪弯着的那只右腿，把琴筒搁在腿肚上，跪坐在左腿上，身子倾向右侧。

"小时候是这么学的。"眼睛匕斜着琴柄说，"黑——发——的……"一边学孩子的口吻唱着，一边绷绷地拨着弦。

"你的启蒙曲子是《黑发》么？"

"嗯——"驹子像孩子似的摇着脑袋。

从那以后，驹子留下来过夜，不再赶着天亮前回去了。

旅馆里有个三岁的小女孩，常在走廊里，老远就喊她"驹姑娘——"把尾音挑得老高。有时驹子把她抱到暖笼里，一心一意地逗她玩，将近中午的时候再领她去洗澡。

洗完澡，一边给她梳头，一边说：

"这孩子一看见艺伎，便挑高了尾音喊'驹姑娘'。照片和画片上，凡是有梳日本发髻的，她都叫'驹姑娘'。我喜欢小孩子，所以她跟我熟。小君，到驹姑娘家玩去，好吗？"说着站了起来，却又在廊子上的一把藤椅上悠闲自在地坐下来。

"东京人好性急。已经滑开雪了。"

这个房间居高临下，方向朝南，望得见侧面山脚下的那片滑雪场。

岛村坐在暖笼里，回头望去，山坡上的积雪斑驳不匀。五六个穿黑色滑雪装的人，一直在山下的田里滑来滑去。层层梯田，田埂还露出在雪地上，坡度也不大，看来也没多大意思。

"好像是些学生。今儿是星期天么？那样滑有什么好玩的？"

"不过，姿势倒挺好。"驹子一人自言自语。"他们说，在滑雪场上，要是艺伎跟人打招呼，客人就会惊叫起来'噢，是你呀！'因为滑雪把脸都晒黑了，认不出来。可晚上总是搽上胭脂抹上粉的。"

"也是穿滑雪装么？"

"穿雪裤。啊，真讨厌，烦死了。又快到这个季节了，每到这个时候，饭局一完，就说什么明儿个滑雪场上见，今年真不想滑了。回见了。来，小君，咱们走吧。今儿晚上要下雪。下雪前，晚上特别冷。"

驹子走后，岛村坐在方才她坐过的那把藤椅上，看见驹子牵着小君的手，在滑雪场尽头的山坡上，正往家走。

天上云起，层峦叠嶂中，有的遮着云影，有的浴着阳光。光与影，时刻变幻不定，景物凄清。不大会儿，滑雪场上也一片凝阴。俯视窗下，篱笆上像胶冻似的结着一条条霜柱，上面的菊花已经枯萎。檐头落水管里，化雪的滴沥声响个不停。

那天夜里没有下雪，飘洒了一阵雪珠之后，竟下起雨来了。

回家的前夜，月华如练，入夜深宵，寒气凛冽。那晚岛村又把驹子叫来，将近十一点时，她说要出去散步，怎么劝也不肯听。硬是把岛村拖出暖笼，勉强他陪她出去。

路上结了冰。村子沉睡在严寒之中。驹子撩起下摆，掖在腰带里。月光晶莹澄澈，宛如嵌在蓝冰里的一把利刃。

"咱们走到车站去。"驹子说。

"你疯啦？来回快八里路呢。"

"你不是要回东京么？我想去看看车站。"

岛村从肩膀到两腿都冻麻了。

回到房间，驹子突然变得无精打采，两手深深插进暖笼里，垂头丧气，一反往常，连澡也不去洗了。

　　暖笼上蒙的被子原样不动，盖被就铺在下面，褥子靠脚的一头挨着地炉边儿，只铺了一个被窝。驹子从一旁向暖笼里取暖，低着头，一动也不动。

　　"怎么了?"

　　"想回去。"

　　"胡说。"

　　"别管我，你去睡吧。我只想这么待会儿。"

　　"干吗要回去?"

　　"不回去，我在这儿待到天亮。"

　　"好没意思。不要闹别扭嘛。"

　　"没闹别扭。谁闹别扭了。"

　　"那你——"

　　"嗯，身上怪难受的。"

　　"我当是什么呢，这点事，有什么关系。"岛村笑了起来，"我不会把你怎么样的。"

　　"讨厌。"

　　"再说，你也胡来。还出去那么乱跑一通。"

　　"我要回去了。"

　　"何苦呢。"

　　"真难过。唉，你还是回东京吧。难过得很。"驹子把脸悄悄伏在暖笼上。

她说难过，难道是怕对一个旅客过分的痴情而感到惴惴不安？抑或是面对此情此景，强忍一腔怨绪而无法排遣？她对自己的感情，竟到了这种地步么？岛村默然半晌。

"你回去吧。"

"原想明天就回去的。"

"咦，为什么回去？"驹子如梦方醒似的抬起头来。

"不论待多久，你的事，我不终究是无能为力么？"

她茫然望着岛村，突然激动地说：

"这可不好，你这人，就是这点不好。"说着霍的一下站起来，一把搂住岛村的脖子，狂乱不堪。

"你这人，怎么能说这种话。起来，你倒是起来呀。"嘴里这么说着，自己竟先倒了下去，狂乱之下连自己身子不舒服都忘了。

过了一会，她睁开温润的眸子。

"说真的，你明天就回去吧。"她平静地说着，拾起掉下来的头发。

岛村在第二天下午三点钟动身，正在换衣服时，旅馆账房把驹子悄悄叫到走廊。听见驹子回答说："好吧，就照十一个钟点结算吧。"也许账房认为十六七个钟点未免太长了。

一看账单才明白，早晨五点回去，就算到五点，第二天十二点回去，就算到十二点，全都照钟点计算。

驹子穿了外套，又围了一条白围巾，把岛村一直送到车站。

离开车还早，为了消磨时间，去买了些咸菜和蘑菇罐头等土特产，结果还有二十多分钟。于是，在地势稍高的站前广场上一面溜达，一面打量周围的景色，心想，这儿可真是雪山环抱，地带狭窄。驹子那头过于浓黑的美发，在这幽阴萧索的山峡里，反显得很凄凉。

远处，河流下游的山腰上，不知为什么，有一处照着一抹淡淡的阳光。

"我来了之后，雪化掉不少了。"

"可是，只要下上两天雪，马上能积到六尺深。如果连着下几天，电线杆上的路灯都能给埋进雪里。走路时，要是想着你什么的，脖子会碰到电线给剐破。"

"真能积得那么厚吗？"

"就在前面镇上这所中学里，听说下大雪的早晨，有的学生从二楼宿舍的窗口赤膊跳进雪里，身子一直沉到雪下面，看不见影。就像游泳似的，在雪里划着走。你瞧，那边就有一辆扫雪车。"

"我倒很想来赏赏雪，不过，正月里恐怕旅馆挺挤的吧。火车会不会给雪崩埋住呢？"

"你这人好阔气。一向都这么过日子的么？"驹子望着岛村又说，"你怎么不留胡子？"

"哦，正打算留呢。"说着，用手摸着刚刮得青乎乎的下巴。嘴角旁一条蛮漂亮的皱纹，给他线条柔软的面颊，平添一些刚毅之气。心想，或许驹子喜欢的就是这个。

"你呐，每次洗掉脂粉，就像刚刮过脸一样。"

"乌鸦叫得真难听。这是在哪儿叫呢？好冷呀。"驹子仰头望着天空，胳膊抱着前胸。

"到候车室里烤烤火吧？"

这时，叶子穿着雪裤，从那边小巷里拐出来，慌慌张张朝停车场的这条大路跑来。

"哎呀，阿驹！行男他……阿驹！"叶子上气不接下气，好像小孩子受惊之后缠住母亲似的，抓住驹子的肩头说，"快回去，他样子不大对，赶快！"

驹子闭起眼睛，像是忍着肩膀上的疼痛，脸色刷白。想不到，她竟断然地摇了摇头说：

"我在送客，不能回去。"

岛村吃了一惊。

"送什么呢，不必了。"

"那不成。我哪知道你下次还来不来。"

"来的，还会来的。"

叶子好像压根儿没听见似的，只着急地说：

"方才打电话到旅馆，说你在车站，我就赶了来。行男他在叫你呢。"说着伸手去拉驹子。驹子先是忍着，突然挣脱她说：

"我不去。"

这一挣扎，驹子自己倒趔趄了两三步。接着打了一下嗝，仿佛要吐，又没吐出什么来。眼圈湿了，脸上起了鸡皮疙瘩。

叶子愣在那里，呆呆地望着驹子。神情认真到极点，看不出是愤怒，惊愕，还是悲哀，毫无表情，简直像副面具。

她又这样转过脸来，一把抓起岛村的手说：

"对不起，请叫她回去吧，叫她回去吧。好吗?"叶子只顾用尖俏的嗓音央求着不撒手。

"好，我叫她回去。"岛村大声答应说。

"快回去呀，傻瓜!"

"要你多什么嘴!"驹子冲着岛村说，一面伸手把叶子从岛村身边推开。

岛村的指尖叫叶子使劲握得发麻，他指着站前的汽车说：

"我马上叫那辆车送她回去。你就先走一步吧，好吗? 在这儿，这样子，人家都看着呢。"

叶子点头同意了。

"那么，请快些，快些呀!"说完，转身就跑，动作之快，简直令人不能置信。目送她渐渐远去的背影，岛村心里不禁掠过一个此刻所不应有的疑窦：为什么这姑娘的神情老是那么认真呢?

叶子那美得几近悲凉的声音,仿佛雪山上就会传来回声似的,依旧在岛村的耳边萦绕。

"你到哪儿去?"驹子见岛村要去找司机,一把拉住他说,"不行,我不回去!"

陡然间,岛村从生理上对驹子感到厌恶。

"你们三人之间,究竟是怎么回事,我不清楚。可是,那位少爷说不定马上就要死了。所以他想见你一面,才打发人来叫你的。你该乖乖地回去,否则,会后悔一辈子的。说话之间,万一他断了气怎么办?不要意气用事了,索性让一切都付之流水吧。"

"不,你误会了。"

"你被卖到东京的时候,不是只有他一个人给你送行么?你最早的一本日记上,一开头写的不就是这件事么?他临终的时候,你能忍心不回去?在他生命的最后一页上,你应当把自己写进去。"

"不,我不愿意看着一个人死掉。"

这话听来,既像冷酷无情,又像充满炽烈的爱。岛村简直迷惑不解了。

"日记已经记不下去了。我要烧掉它。"驹子嗫嚅着,不知怎的又绯红了脸,"你这人很厚道,对么?你要是厚道人,把日记全给你都行。你不会笑话我吧？我觉得你为人很厚道。"

岛村无端地很受感动。忽然觉得，的确没有人能像自己这么厚道。于是，也就不再勉强驹子回去。驹子也没有再开口。

旅馆派驻车站的茶房出来，通知岛村检票了。

只有四五个当地人，穿着灰暗的冬装，默默地上车下车。

"我不进站台了，再见吧。"驹子站在候车室的窗内，玻璃窗关得紧紧的。从火车上望过去，就像穷乡僻壤的水果店里，一枚珍果给遗忘在熏黑的玻璃箱里似的。

火车一开动，候车室的窗玻璃看上去熠熠发亮，驹子的脸庞在亮光里忽地一闪，随即消逝了。那是她绯红的面颊，同那天早晨映在雪镜中的模样一样。而在岛村，这是同现实临别之际的色彩。

火车从北面爬上县境上的群山，穿进长长的隧道时，冬天午后惨淡的阳光，仿佛被吸入黑暗的地底。而后，这辆旧式火车好像把一层光明的外壳卸脱在隧道里一般，又从重山叠嶂之间，驶向暮色苍茫的峡谷。山这边还没有下雪。

沿着河流，不久驶出旷野。山顶仿佛雕琢而成，别饶风致。一条美丽的斜线，舒缓地从峰顶一直伸向远处的山脚。月光照着山头。旷野的尽头，唯见这一景致：天空里淡淡的晚霞，将山的轮廓勾成一圈深蓝色。月色已不那么白，只是淡淡的，却也没有冬夜那种清寒的意态。空中没有鸟雀。山下的田野，横无际涯，向左右伸展开去。快到河岸那里，矗立一所白色的建筑物，大概是水力发电厂。这是寒冬肃杀，日暮黄昏中，窗外所见的最后景象了。

因为暖气的湿热，车窗开始蒙上一层水汽。窗外飞逝的原野愈来愈暗，车内的乘客映在窗上也半似透明。又是那垂暮景色的镜中游戏。这列客车，跟东海道线上的火车相比，简直像是来自另一个国度，大概只挂了三四节陈旧褪色的老式车厢。电灯也昏暗无光。

岛村恍如置身于非现实世界，没有时空的概念，陷入一种茫然若失的状态之中，徒然地被运载以去。单调的车轮声，听来像是女人的细语。

这声声细语，尽管断断续续，十分简短，却是她顽强求生的象征，岛村听着感到心酸难过，始终不能忘怀。如今渐渐离她远去，那些话语已成遥远的回响，只不过额外给他增添一缕乡愁旅思而已。

此刻行男也许已经断气了吧？驹子为什么抵死不肯回去呢？会不会因此没赶上最后再看他一眼？

乘客少得惊人。

只有一个五十多岁的汉子同一个面色红润的姑娘相对而坐，一直不停地聊天。姑娘血色红润得像火一样，滚圆的肩膀上围着黑色的围巾，探着身子，专心听那汉子说话，高兴地应对。

两人好像是长途旅行的乘客。

可是，到了丝厂烟囱高耸的车站时，那汉子慌忙从行李架上取下柳条包，从窗口放到月台上，一面说：

"好吧，要是有缘，后会有期。"跟姑娘道过别便下车走了。

岛村忽然忍不住要落泪，连自己也莫名其妙。因此，也就格外加重他幽会归来后的离情别绪。

他做梦也没想到，那两人只是偶然同车的陌路人。男的大概是个跑行商之类的。

在东京临动身时，妻子嘱咐他，现在正是飞蛾产卵的季节，不要把西服往衣架或墙壁上一挂就不管了。到了这里之后，果然发现旅馆房檐下吊着的灯笼上，落着六七只玉米色的大飞蛾。隔壁三张席的小房间里，衣架上也停着一只身小肚大的飞蛾。

窗上还安着夏天防虫的铁纱。铁纱上也有一只蛾子，一动不动，像粘在上面似的，一对桧皮色的触角，如同细羽毛一样，伸了出来。翅膀是透明的浅绿色，有女人手指那么长。窗外县境上连绵的群山，沐着夕阳，已经染上秋色，而这一点浅绿，反给人死一样的感觉。前翅和后翅重合的地方，绿得特别深。秋风一来，翅膀便如薄纸一般不住地掀动。

不知是不是活的，岛村站起来，隔着铁纱，拿手指去弹，飞蛾没有动。用拳头砰地一敲，便像树叶似的飘然下坠，落到半途，竟又翩然飞走了。

仔细看去，窗外杉林前，有无数蜻蜓飞来飞去，好像蒲公英的白絮在漫天飞舞。

山脚下的河流，仿佛是从杉树梢上流出来的。

有点像胡枝子的白花，银光闪闪，盛开在半山腰上。岛村眺望了良久。

从旅馆的浴池出来时，大门口坐着一个摆摊售货的俄国女人。岛村心想，居然跑到这种乡下来了，便过去看了看。卖的尽是些常见的日本化妆品和发饰之类的东西。

大约已经四十出头了，满脸是细小的皱纹，看来风尘仆仆。滚粗的脖颈，露出来的部分倒还白白嫩嫩的。

"你从哪儿来的？"岛村问。

"从哪儿来的？我，从哪儿来的？"俄国女人不知怎样回答才好。一边收拾摊子，一边像在思索的样子。

裙子像块脏布似的裹在身上，已经没有西装的样子了，大概在日本待了很久，背起大包袱径自走了。不过，脚上倒还穿着皮靴。

旅馆老板娘同岛村一起，在门口瞧着俄国女人走后，邀他进了账房。炉边背朝外坐着一个高大丰腴的女人。这时，提着衣服下摆站了起来。穿的是一件印有家徽的黑礼服。

滑雪场贴的广告照片上，她跟驹子两人并肩而立，穿着陪酒穿的和服，套着雪裤，脚上踩着滑雪板。所以，岛村还记得她。她体态丰满，仪表大方，只是韶华将逝。

旅馆老板把火筷子架在地炉上，烤着椭圆形的大馒头。

"这馒头，您来一个怎么样？是人家送的，尝尝看。"

"方才那位已经洗手不干了？"

"可不是。"

"她蛮不错的嘛。"

"年限到了，是来辞行的。原先倒很走红。"

岛村吹着馒头上的热气，咬了一口，硬皮上有股陈馒头味，带点酸。

窗外，夕阳照在又红又熟的柿子上，光线一直射到悬在地炉上面吊钩的竹筒上。

"那么长，是狗尾草吧？"岛村惊奇地望着山坡。一个老太婆背着草，草竟有她人两个高。而且穗也很长。

"不，那是茅草。"

"茅草？是茅草么？"

"那次铁路局在这里举办温泉展览会，盖了一间不知是休息室还是茶室，屋顶葺的就是这儿的茅草。后来听说，有位东京人，把那间茶室原封不动，整座买走了。"

"是茅草。"岛村自言自语又说了一句，"那么山上开的就是茅草花了。我还以为是胡枝子花呢。"

岛村刚下火车时，首先映入眼帘的，便是山上的这些白花。近山顶的那一段陡坡上，开了好大一片，闪着银色的光辉，宛如洒满山坡的秋阳，岛村的情绪大受感染，不由得为之一叹。当时还以为是胡枝子花呢。

然而，近看茅草萋萋，远望是令人感伤的山花，两种感受迥然不同。大捆大捆的茅草，把一个个背草的女人完全给遮住了，草碰在山路两旁的石崖上，一路上沙沙作响。草穗也硕大得很。

回到屋里，隔壁一间点着十烛光灯泡的房间，光线幽暗，进去一看，那只个小肚大的蛾子，已把卵产在黑漆衣架上，在那上面爬着。屋檐上的蛾子，吧嗒吧嗒直往灯上撞。

秋虫从白天开始便唧啾不已。

驹子过了一会儿才来。

站在走廊上，面对面地凝目望着岛村。

"你来做什么？到这种地方来做什么？"

"来看看你。"

"言不由衷。东京人最会撒谎，讨厌。"

驹子坐了下来，用温柔而低回的声调说：

"我可不愿再给你送行了。心里有说不出的滋味。"

"好吧，这次我就悄悄地走吧。"

"那不行。我的意思是不送你到车站了。"

"他后来怎么样了？"

"当然死了。"

"是你来送我的时候么？"

"我说的是两回事。我万万没想到送别会叫人那么难过。"

"唔。"

"二月十四那天，你干什么去了？净骗人。害我等得好苦。以后你说什么，我也不信了。"

二月十四日是驱鸟节。是这一带雪国儿童一年一度的节日。先在十天之前，村里的孩子们便穿上草鞋，把雪踩硬实，然后切成二尺见方的雪砖，一块一块垒起来，盖成一座雪堂。这雪堂有一丈六七尺见方，一丈多高。十四日夜里，孩子们把各家各户挂在门口驱邪用的草绳全部搜罗来，堆在雪堂门口，点起熊熊篝火。这一带雪国是二月初一过年的，所以，家家门上的避邪绳还未摘掉。之后，孩子们爬到雪堂顶上，挤来挤去，唱驱鸟歌。唱完便进到雪堂里，点灯守夜，直到天亮。十五日一清早，又爬上雪堂顶，再次唱驱鸟歌。

那时积雪最深，岛村曾同驹子相约，前来观看驱鸟节。

"我二月里回老家去了，连生意都歇了。以为你准来，十四日那天就赶了回来。早知道多服侍几天病人该多好。"

"谁病了？"

"师傅上港口去，得了肺炎。我那时正在老家，拍了电报来，我就赶去服侍。"

"好了么?"

"没好。"

"那太糟糕了。"岛村又像是对自己爽约表示歉意，又像是
对师傅之死表示悲悼。

"哦——"驹子忽然轻轻摇了摇头，拿手帕掸着桌子说，
"这么多小虫。"

从矮桌上掸下一片小飞虫，落在席子上。有几只飞蛾绕着
电灯回旋飞舞。

纱窗外面停着好些种飞蛾，在清明澄澈的月光下，浮出星
星点点的黑影。

"胃痛，胃痛得很。"驹子两手插进腰带，伏在岛村的膝
盖上。

敞开的后衣领口，露出搽得雪白的粉颈，霎时落下不少比
蚊子还小的飞虫。有的当即死去，不再动弹了。

头颈比去年粗了些，也更为丰腴。已经二十一岁了，岛村
心想。

他觉得膝头有些热烘烘、潮乎乎的。

"账房他们贼忒嘻嘻地笑着说：'驹姑娘，快到茶花厅去看
看吧。'真讨厌，我刚送大姐上火车回来，想舒舒服服睡一觉，
说是旅馆里来了电话。我累得要命，真不打算来了。昨晚上喝

多了，给大姐饯行来着。在账房那儿，他们光是笑不吭声，原来是你。有一年了吧？你一年来一次，是么？"

"那馒头我也吃了。"

"是么？"驹子直起身子，脸颊在岛村膝盖上压过的地方，红了一块，那模样突然显得有些稚气。

她说，给那位中年艺伎送行，一送送到下下一站才回来。

"真没意思。从前办什么事，都很齐心。可现在，越来越自私，都只顾自己。这儿现在也变得相当厉害。脾气合不来的人，也一天天多起来。菊勇姐这一走，我就孤单得很了。本来什么事都听她的，生意上也数她走红，从没少于六百支香①的，家里拿她当宝贝呢。"

"听说菊勇年限满了，要回老家去，是结婚呢，还是继续在这一行里混呢？"岛村这样问道。

"说起来大姐也怪可怜的。原先嫁人不成，才到这儿来的。"说到这里，驹子有些吞吞吐吐，犹豫了一阵，望着月光朗照下的梯田说：

"那边半山腰上，有座新盖的房子不是？"

"那家叫菊村的小饭馆吧？"

"嗯。大姐本来要到那家铺子去的，想不到她自作自受，竟吹掉了。事情闹得满城风雨。人家特意为她盖起的房子，临要

---

① 艺伎陪酒以一支香为一单位。

搬进去的时候，竟把人给甩了。因为她另有相好的，打算跟那人结婚，结果反受了骗。人一着了迷，真会那样子么？对方逃走了，她可没脸再跟原先那位破镜重圆，去要人家那个铺子。再说，丢人现眼的，也没法儿在这儿混下去了。只好到别处去重打鼓另开张。想想也怪可怜的。我们虽然不大清楚，反正有过不少人。"

"跟她相好的男人吧？能有五个吗？"

"也许吧。"驹子抿嘴一笑，扭过头去说，"大姐其实是个感情挺脆弱的人。一个可怜虫。"

"那也由不得人呀。"

"那可不见得。相好一阵，又能怎样？"她低着头，用簪子搔着头皮说，"今儿个去送行，心里难受极了。"

"那么，给她盖的那个饭馆呢？"

"那人的太太来掌管了。"

"他太太来开饭馆，倒有意思。"

"本来什么都齐全了，就等着开张了。要不，怎么办？他太太便带着孩子全搬了来。"

"那他家里呢？"

"听说只留一个婆婆在家。男的虽然是乡下人出身，却很好此道。人倒怪风趣的。"

"哦，是个浪荡子。年纪不小了吧？"

"还年轻呢。刚三十二三吧?"

"唔? 那么说, 姨太太反比自己太太年纪还大?"

"是同年, 都是二十七。"

"'菊村'大概就是取菊勇的菊字吧? 结果却由他太太来掌管。"

"招牌既然打了出去, 想必也不便再改了。"

岛村把衣领往上掖了掖, 驹子起来去关上窗, 一面说:

"大姐她也知道你。今儿还告诉我, 说你来了。"

"我在账房里碰见她来辞行的。"

"说了些什么?"

"没说什么。"

"你知不知道我的心情?"驹子把刚关上的窗子刷地又打开, 一屁股坐在窗台上。隔了一会儿, 岛村说:

"这里的星星跟东京的不一样。好像浮在天上似的。"

"因为有月亮的缘故, 要不然也不这样。今年的雪好大哟。"

"听说火车时常不通, 是么?"

"嗯, 简直吓人。汽车也比往年迟了一个月, 到今年五月才通车。滑雪场上不是有个小卖店么? 雪崩把二楼屋顶给压塌了, 楼下的人还不知道, 听声音不对劲儿, 以为是厨房里的老鼠在作怪。去厨房看了看, 没什么事, 上楼一看, 到处是雪。挡雨板什么的, 全给风雪卷走了。虽然只是山表皮上一层雪崩, 广播里却大肆宣传，吓得大家都不敢来滑雪了。今年我也不打算滑了，去年年底把一副滑雪板都送了人。虽然如此，我依旧去滑了两三次。你看我变样没有？"

"师傅死后，你这一向怎么过的呢？"

"少替别人操心吧。二月里，我可是准时在这儿等你来着。"

"既然回到港口，来信告诉我一声不就得了？"

"我才不呢。那么可怜巴巴的，我不干。叫你太太看见也没要紧的信，写它干什么呢！多可怜！因为有所顾忌而言不由衷，何苦呢！"

驹子的口气很急，连珠炮似的数落了一顿。岛村点了点头。

"你别坐在虫子堆里，把灯关了就好了。"

月光朗澈，几乎连她耳朵的轮廓都凹凸分明。一直照进屋内，把席子照得冷森森、青幽幽的。

驹子双唇柔滑细腻，像水蛭的轮环一样美丽。

"不，让我回去。"

"还是那个样子。"岛村凑过去看，头向后仰，颧骨略高的小圆脸，那样子带点滑稽相。

"别人都说，我还是十七岁刚到这儿时的模样，一点没变。本来么，生活也一直是老样子。"

脸蛋儿红彤彤的，依然像北方少女那样。月光下，艺伎风情的肌肤，发出贝壳似的光泽。

"不过，这儿的家变了，你知道么？"

"师傅死了，是么？你已经不住在那间蚕房了吧？现在的屋子该是名副其实的住处喽？"

"名副其实的住处？可不是。是爿杂货店，卖些点心和香烟。店里就我一个人张罗。这回是受雇于人，所以，夜里太晚了，要看书就自己点蜡烛。"

岛村抱着胳膊笑了。

"因为装了电表，不好浪费人家的电。"

"哦，是这样。"

"可是这家人待我相当好。以至有时想，这叫给人做工呢。小孩子哭了，老板娘怕吵我，便把孩子背出去。我没有什么可不满意的。只是床铺铺得不大平整，挺别扭的。每次回去晚了，他们便把被窝给我铺好。不是褥子铺得歪歪扭扭的，就是单子皱皱巴巴的。看着心里怪难受的。可是，又不好意思重铺。人家也是一片好心，该领这个情才是。"

"你要是成了家，准是劳碌命。"

"谁说不是呢。生就的脾气。家里有四个孩子，简直乱成一团。整天跟在他们后面收拾个没完，明知收拾好了，又会给弄得乱七八糟的，可心里老惦着，丢不开手。只要环境许可，我总想把生活弄得干净舒服些。"

"这倒是。"

"你懂我的心思么?"

"当然懂呀。"

"既然懂,那你说说看。说吧,你倒是说呀。"驹子突然声音急切,逼着他说。

"你瞧,说不上来了吧? 净骗人。你生活那么阔绰,什么都满不在乎的。你哪儿会懂我的心思呢。"

接着又低声说:

"真叫人伤心。我是个傻瓜。你明儿就回去吧。"

"你这么个追问法,哪能一下子说明白呢。"

"有什么说不明白的? 你就是这点不好。"说着,无可奈何地闭起眼睛不作声了。那神气,仿佛知道岛村会体谅自己似的。

"一年来一次就行,以后你还得来。至少我在这里的期间,你每年一定来一次,好吗?"

她说,她受雇的期限是四年。

"回老家去的时候,万万没想到还要出来做这种营生,临走连滑雪板都送人了。要说成绩,倒是把烟戒掉了。"

"对了,你从前烟抽得很厉害。"

"可不。陪酒的时候,常把客人送的香烟偷偷拢进袖子里,回去一抖落,有时能有好几支呢。"

"不过,四年是够长的了。"

"转眼就会过去的。"

"你身上好暖和。"趁驹子挨了过来，岛村就势把她抱了起来。

"暖和也是天生的。"

"早晚已经冷了吧。"

"我来这里都五年了。刚来时，一想到要住在这种地方，心里就有些发慌。尤其没通火车之前，真是冷清极了。从你第一次来，到现在也有三年了。"

不到三年工夫，来了三次，每一次来，驹子的境遇都有一次变化，岛村心里这样寻思着。

忽然，几只纺织娘叫了起来。

"真讨厌。"驹子从他膝上站了起来。

吹了一阵北风，纱窗上的蛾子一齐飞了起来。

岛村已知道，看来像是微微睁开的黑眸子，其实是浓密的睫毛合着的缘故，可他仍凑上去看了看。

"烟戒了，人倒胖了。"

肚皮上的脂肪，确实是厚了些。

本来分开后难以捉摸的种种，两人一旦挨在一起，顿时又恢复往日的亲密。

驹子把手轻轻放在胸脯上。

"一边变大了。"

"傻瓜。是那人的怪癖吧？光摸一边。"

"哎哟，真讨厌！胡说八道的，你这人讨厌死了。"驹子忽地变了脸。岛村想起来，是这么回事。

"下次叫他两边匀着些。"

"匀着些？叫他匀着些？"驹子温柔地把脸凑了过来。

这间屋子在二楼上，听得见癞蛤蟆在旅馆四周叫。而且，不止一只，好像有两三只在爬，叫了好一阵。

从旅馆的浴池上来后，驹子用平静的语调又坦然说起自己的身世来。

刚到这里接受身体检查时，以为同雏伎一样，衣服只脱了上半身，被人取笑了一番，为此还哭了起来。她甚至连这些细节都告诉了岛村。凡岛村问的，她全都回答。

"我那个非常准，每月都提前两天。"

"陪酒时没什么不方便吧？"

"嗯。怎么这些事你也懂？"

每天都到有名的热温泉里舒筋活血，去新老两家旅馆应酬陪酒，还要走上八里多路，以及很少熬夜的山居生活，使她长得体态丰满而结实，身腰却又像一般艺伎那么婀娜。正看纤瘦苗条，侧看则很厚实。她之所以能把岛村大老远地吸引过来，自有其惹人爱怜之处。

"像我这种人难道不能生孩子么？"驹子一本正经地问。她的意思是，只与一个人交往，岂不如同夫妻一样。

驹子身边有那么一个人，岛村还是头一次听说。她说从十七岁那年起，已经有了五年关系。岛村一直觉得奇怪，驹子会那么无知而又不知戒备，现在才明白个中缘由。

她说，还在当雏伎的时候，给她赎身的那个人去世了，后来，她刚回到港口，这个人就马上提出愿意照顾她。也许就是为了这个缘故，驹子说从开始到现在，一直讨厌那人，感情上始终不能融洽。

"既然相处了五年，那人也算是好的了。"

"我有过两次机会，可以跟他分手。一次是来这儿当艺伎，还有一次是从师傅家搬到现在这家来的时候。不过，我这人心太软，真的，心太软。"

驹子说，那人现在住在港口那边。因为把她留在镇上，有所不便，所以趁师傅回乡，便把她托付给师傅。他为人虽然厚道，驹子却一次都没许身给他，想想怪不忍心的。因为年纪相差挺大，他偶尔才到这里来一趟。

"怎么才能跟他一刀两断呢？我常常想，索性就放荡一下。我真这么想过。"

"放荡可不好。"

"要放荡，我也办不到。天性如此，做不出这种事。我对自己的身子是很爱惜的。只要自己舍得干，四年的期限，就可以缩短到两年，可我从不胡来。反正身体要紧。要是勉强自己去做，那能赚不少钱哩。因为我们是算年限的，只要老板不吃亏就行。借的本金每月合多少，利息多少，税金多少，再加上自己的伙食钱，这些钱一算就清楚了。这之外用不着勉强自己多做。有的饭局太麻烦，要是不愿意，干脆就回掉，赶紧回家，除非是熟客指名点我，要不然，旅馆里也不会夜里大老晚地打电话来。不过，说到奢侈，那是没个止境的，我反正随便挣一点，能够对付过去就行了。我借的本钱，已经还掉一大半了。还不到一年的工夫。话又说回来，每个月的零用，加上别的花销，怎么也得三十块钱。"

她说，一个月只要能赚上一百元就够了。上个月，做得最少的人，也有三百支香，合六十块钱。而驹子出去陪酒，有九十几次，是赚得最多的。每一次饭局，自己可拿一支香，老板虽然吃些亏，但水涨船高，赚得还是不少。至于债台高筑，延长年限的人，这个温泉村里倒一个也没有。

第二天清晨，驹子依旧起得很早。

"我做了一个梦，梦见和插花师傅打扫这间屋子，于是就醒了。"

搬到窗口的梳妆台，镜子上映着漫山红叶的冈峦。镜中的秋阳，明光闪亮。

糖果店的女孩把驹子的替换衣服送了来。

隔着纸拉门喊"驹姐"的，已不是那个声音清澈得近乎悲凉的叶子。

"那姑娘后来怎么样了?"

驹子睃了岛村一眼。

"天天上坟去。你瞧,滑雪场下面,有块荞麦田吧?开白花的那片地。靠左边有座坟墓,看见没有?"

驹子回去之后,岛村也到村里散步去了。

有个小女孩穿着簇新的红法兰绒雪裤,正在房檐下白粉墙旁拍皮球,完全是一派秋天的景象。

房屋大多古色古香,令人以为是封建诸侯驻跸的遗迹。房檐很深。楼上的纸窗只有一尺来高,而且很窄。檐头上挂着茅草帘子。

土坡上种了一道丝芒当篱笆,正盛开着浅黄色的小花。株株细叶,披散开来,美如喷泉。

路旁向阳的地方,在席子上打豆子的,恰是叶子。

一粒粒红小豆亮晶晶的,从干豆荚里迸出来。

叶子穿着雪裤,头上包着头巾,也许是没看见岛村,又开腿,一边打小豆,一边用她那清澈得几近悲凉、好似要发出回声一样的声音唱着歌:

　　　蝴蝶,蜻蜓,蟋蟀哟,
　　　正在那个山上叫,

金琵琶，金钟儿，

还有那个纺织娘。

有一首歌谣唱道：飞飞飞，一飞飞出杉树林，晚风里，乌鸦的个儿真叫大。从窗口俯视下面的杉树林，今天仍有成群的蜻蜓在盘旋。临近傍晚时分，好像飞得更为迅疾似的。

岛村动身之前，在火车站的小卖店里，买了一本新出版的关于这一带的登山指南。他一口气看下去，上面写着：从旅馆这间屋子眺望县境上的群山，其中一座山峰的附近，有一条小径穿过美丽的沼池。沼地上的各种高山植物，百花盛开；到了夏天，红蜻蜓悠闲自在地飞舞，会停在你的帽子上，手上，甚至眼镜框上，比起城里受人追捕的蜻蜓，真有天壤之别。

可是，眼前这群蜻蜓，好像被什么东西追逐似的。仿佛急于趁日落黄昏之前飞走，免得被杉林的幽暗吞没掉。

远山沐浴着夕阳，从峰顶往下，红叶红得越发鲜明。

"人真是脆弱啊。听说从头到脚都摔得粉碎了。要是熊什么的，从再高的岩石上摔下来，身上也不会伤着哪儿。"岛村想起驹子早晨说的这些话。当时她一面指着那座山，一面说那儿又有人遇难的事。

倘若能像熊那样，有一身又硬又厚的皮毛，人的官能准是另一番样子了。可是人却喜爱彼此柔滑细嫩的肌肤。岛村远眺夕阳下的山恋，想着想着竟自伤感起来，对人的肌肤油然生起一缕缱绻之情。

"蝴蝶，蜻蜓，蟋蟀哟……"一个艺伎在提前开的晚饭桌上，弹着蹩脚的三弦，唱着这首歌谣。

登山指南上只简单地载明路线、日程、住宿和费用等项，所以，这反倒使岛村可以海阔天空去遐想。他最初认识驹子，是在残雪中新绿已萌的山谷中漫游之后，来到这座温泉村的时候。如今又是秋天登山时节，望着自己屐痕处处的山岭，对群山不禁又心向往之。终日无所事事的他，在疏散无为中，偏要千辛万苦去登山，岂不是纯属徒劳么？可是，也惟其如此，其中才有一种超乎现实的魅力。

离别之后，会时时思念驹子，可是一旦到了她身旁，也不知是因为心里泰然呢，还是对她的肉体过于亲近的缘故，觉得对人的肌肤的渴念和对山的向往，恍如同为梦幻。也许是昨晚驹子刚在这里过夜的缘故？寂静中，独自枯坐，只好心里盼着驹子能不招自来。一群徒步旅行的女学生，年轻活泼，嬉闹之声不绝于耳，听着听着竟睡意蒙眬起来，岛村便早早睡下了。

不大会工夫，好像下了一阵秋雨。

第二天早晨醒来，驹子已端端正正坐在桌前看书，穿了一套绸料的家常衣服。

"醒了么？"她轻轻地问，转过脸来看着岛村。

"怎么回事?"

"你醒了么?"

岛村疑心她是在自己睡着后来过的夜,便看了看铺盖。一面拿起枕边的表,才六点半。

"这么早。"

"可是,女用人早就来添过火了。"

铁壶冒着热气,全然是清晨的景象。

"起来吧。"驹子站起来,坐到岛村的枕边。那举止俨然是居家女子的模样。岛村伸了个懒腰,顺手握住驹子放在膝上的手,摸着她小指上弹三弦起的老茧。

"还困着呢。天不是刚亮吗?"

"一个人睡得好吗?"

"嗯。"

"你到底还是没留胡子。"

"对了,上次临走时,你提过这话,要我把胡子留起来。"

"忘了就算了。你倒总是把胡子刮得干干净净青乎乎的。"

"你不也是吗,一洗掉脂粉,就像刚刮过脸一样。"

"脸上好像胖了一点。白白净净的,没有胡子。睡着的时候,看上去挺别扭的。圆乎乎的。"

"圆活一些还不好。"

"才靠不住呢。"

"真讨厌，你一直盯着我看么?"

"正是。"驹子微笑着点了点头，忽然扑哧一声笑了出来，笑得连她的小手指在岛村手里也抽紧了起来。

"方才我躲进壁橱里，女用人一点没发现。"

"什么时候? 什么时候躲进去的?"

"就是方才呀! 女用人来添火的时候。"

驹子想起来竟又笑个没完。但突然脸红起来，一直红到耳根，好像为了掩饰一下，掀起被角扇着，一面说:

"起来吧，你起来呀!"

"好冷。"岛村抱紧了被子。

"旅馆里的人都起来了么?"

"不知道。我是从后面上来的。"

"从后面?"

"从杉树林那边爬上来的。"

"那里有路吗?"

"没有路，但很近。"

岛村吃惊地望着驹子。

"谁都不知道我来。厨房里虽有动静，大门却还关着。"

"你又这么早起来。"

"昨晚没睡着。"

"下了一阵雨，你知道么?"

"是么？难怪那边的山白竹湿淋淋的，我说呢。我该回去了，你再睡一会儿，你睡吧。"

"我也要起来了。"岛村拉着她的手，一使劲出了被窝。到窗口向下望了望她爬上来的地方。那一带灌木丛生，山竹茂盛。和杉树林相接的小山腰上，恰好在旅馆的窗下，是一片田地，种着萝卜、番薯、大葱和芋艿一类家常蔬菜，在朝阳的辉映下，菜叶的颜色各色各样，他好像是头一次看到似的。

去浴室的走廊上，茶房正在喂泉水池里的红鲤。

"大概是天冷的缘故，不好好吃食呢。"茶房对岛村说。于是看了一回浮在水面上的鱼饵，那是把蚕蛹晒干捣碎做成的。

驹子一身干净相，坐在那里，对洗澡回来的岛村说：

"这么清静的地方，做做针线才好呢。"

房间刚打扫过，秋日的晨曦一直照到半新不旧的席子上。

"你还会做针线？"

"你太瞧不起人了。姐妹当中，数我顶辛苦了。回想起来，我刚长大的时候，好像正是家里最困难的时候。"她似乎在自言自语，忽又放开声音说：

"方才女用人挺奇怪的样子，问我，'驹姑娘，什么时候来的?' 我又不能两次三番地往壁橱里躲，真难为情。我该回去了。忙着呢。既然没睡好，想洗洗头发。早晨要不早点洗，等到头发干了，再到梳头师傅那儿去梳头，就怕赶不上中午的饭局了。这里也有宴会，昨天晚上才通知我的。可是我已经答应了别处，这里来不了了。今儿个是星期六，忙得很。不能来玩了。”

嘴上虽然这么说，驹子却没有站起来的意思。

临了，她又不打算洗头了，便邀岛村到后院去。方才大概是从这里悄悄上来的，廊子下面放着驹子一双湿木屐和布袜子。

方才她爬上来时穿过的那片山白竹，看样子过不去。便顺着田边，往有水声的地方下去，河岸是道悬崖峭壁，栗子树上传来孩子的声音。脚下的草丛里，落下好几个毛栗子。驹子用木屐踩破，剥开外壳，里面的栗子还很小。

对岸的陡坡上，一片茅草正在抽穗，迎风款摆，闪着耀眼的银光。虽说是片耀眼的银色，却恰如飘忽在秋空里透明的幻境一般。

“到那边去看看吧，能看到你未婚夫的坟呢。”

驹子倏地挺直身子，面对面地瞪了岛村一眼，冷不防把一把栗子扔到他的脸上说：

“你拿我寻开心是么？”

岛村躲避不及，噼里啪啦打在额上，痛得很。

“这跟你有什么关系，要你去看他的坟？”

“何必这么当真呢。”

“对我来说，那是正正经经的事，才不像你，闲得没事干。”

"谁闲得没事干了?"他软弱无力地嘟哝了一句。

"那你提什么未婚夫?上次不是告诉过你,他不是我的未婚夫么?难道你忘了?"

岛村并没有忘记。

"师傅未尝没这么想过:我和少爷若能成婚,倒也不错。尽管她心里那么想,嘴上可从来没提过。不过,师傅的心思,少爷也好,我也好,都隐隐约约猜到一些。可是,我们俩本人也并不怎么的。我们不是在一起长大的。我被卖到东京的时候,是他一个人送我上的车。"

他记得驹子这么说过。

那人病危的时候,她是在岛村这里过的夜。

"我爱怎么地就怎么地,人都快死了,哪儿还管得了这些。"她甚至无所顾忌地说过这种话。

何况就在驹子送岛村去车站时,叶子来接她,说病人情况不妙,但她死活不肯回去,结果似乎临终也未能见上一面。这就使岛村心里更加忘不了那个叫行男的人。

驹子一向避免提起行男。虽说不是未婚夫,可正是为了挣钱给他治病,才沦落风尘,当了艺伎的。所以在她,自是"正正经经的事",却是错不了的。

见岛村挨了栗子竟没生气,驹子一下子怔住了,顿时软了下来,攀住岛村说:

"噢，你真是个老实人。有点不高兴了吧?"

"孩子在树上看着呢。"

"我真弄不懂，东京人太复杂了。是不是周围乱糟糟的，便对什么都不以为意了呢?"

"对什么都不以为意了。"

"将来怕是连命也不在乎了。去看看坟吧。"

"好吧。"

"你瞧你。哪儿有什么诚心想去看坟呢。"

"是你自己不情愿嘛。"

"我从来没去过，所以，不免感到别扭。真的，一次也没去过。现在师傅也葬在一起，我觉得挺对不起师傅的，可是事到如今，反而更不便去了。倒显得假模假样的。"

"你这人才叫复杂呢。"

"为什么? 他活着的时候，你没把态度说清楚，至少死后该有个明白交代啊。"

杉林里宁静得仿佛滴得下冷水珠来。走出林外，顺着滑雪场下面的铁路过去便是墓地。在田畦稍高的一角，竖着十来块墓碑和一尊地藏王。光秃秃的挺寒酸，连花也没有。

可是，从地藏王后面的矮树丛里，忽然露出叶子的上半身。刹那间，她的表情竟那么一本正经，像戴着面具似的，眼光灼灼的，尖利地朝这边扫过来。岛村向她点头略施一礼，随即站住了。

"阿叶，好早哇。我上梳头师傅那儿……"驹子刚说到这里，猛地刮来一阵黑风，几乎要把人刮跑似的，她和岛村不由得缩了起来。

一列货车从身旁隆隆驶过。

"姐姐！"在震耳欲聋的声浪中传来一声呼喊。一个少年从黑色的货车门边，挥动着帽子。

"佐一郎——佐一郎——"叶子喊着。

依然是在雪地信号所前，呼唤站长的那个声音。简直美得几近悲凉，仿佛是在呼唤已经渐渐远去、听不见声音的船上人。

货车过后，如同揭下了遮眼布，铁路那一边的荞麦花，粲然入目。红红的荞麦秆，花开得崭齐，显得十分幽丽。

两人无意中遇见叶子，竟没去注意开来的火车，而货车一过，方才尴尬的场面，也给一带而去，烟消云散了。

而后，车轮的声响消散了，叶子的声音似乎依旧在回荡，像是纯洁的爱情发出的回声。

叶子目送着火车，说：

"弟弟在车上，要不要去车站看看呢？"

"火车是不会在站上光等着你呀。"驹子笑了。

"倒也是。"

"我可不是来给行男上坟的。"

叶子点了点头，犹疑了一阵，在墓前蹲下来，双手合十。

驹子仍然站着不动。

岛村转眼去看地藏王。石像三面都雕着狭长的脸，除了胸前一双手合十之外，左右还各有两只手。

"我该梳头去啦。"驹子对叶子说了这么一句，便顺着田埂朝村子走去。

在树干之间，一层一层绑上几根竹竿或木棍，像晾衣杆似的，挂上要晒干的稻子，当地叫"禾台"，看上去就像一道高高的稻草屏风。——岛村他们经过的路旁，就有农民在搭这种"禾台"。

穿雪裤的姑娘，腰身一扭，便把一捆稻子扔了上去，高高地站在上面的男人，灵巧地接过去，捋齐分好，然后挂在竹竿上。动作熟练而自然，得心应手地重复着。

驹子像估量什么珍贵物品似的，把挂在"禾台"上的稻穗，托在手心上掂了掂，说：

"这稻子多好，这么摸摸就叫人喜欢。跟去年可大不一样。"她眯起眼睛，似乎在玩味由稻子引起的那份惬意。一群麻雀在"禾台"上空低低地穿行飞掠。

路旁的墙头上还留着一张旧招贴，上面写着："插秧工钱经公议，定为：每日大洋九角，供给伙食，女工六折。"

叶子家也有"禾台"，搭在略低于街道的菜地后面。但院子的左面，沿着邻居家的白墙脚，在成排栽的柿子树上，就搭着一个老高的"禾台"；而菜地和院子交界处，恰好与柿子树之间的"禾台"形成直角的地方，也搭了一个"禾台"。稻子下面留出一个进出口，看着就像用稻子搭的草棚似的。地里的大丽花和蔷薇已经凋零，旁边的青芋叶子却很繁茂。隔着"禾台"，已看不见养着红鲤的莲池。

驹子去年住的那间蚕房，窗子也被遮住了。

叶子好像生气似的，一低头便从稻穗中的缺口走了进去。

"她一个人住在这里么？"岛村望着叶子微微前倾的背影说。

"不见得。"驹子粗声粗气地回答说。

"唉，烦死了。不去梳头了。全怪你多事，搅得她上不成坟。"

"是你自己意气用事，不愿在坟上遇见她。"

"你哪儿懂我的心思，等会儿有空再去洗头。也许会迟一些，反正一定上你那儿去。"

果然在半夜三点钟的时候。

拉门像要给推倒似的，响声把岛村给惊醒了，驹子一下子扑倒在他胸上。

"我说来，就来了不是？你看，我说来，就来了不是？"她大口喘着气，连肚子也跟着一起一伏的。

"你醉得太厉害了。"

"你看，我说来，就来了不是？"

"是啊，你是来了。"

"上这儿来的路，简直看不见，看不见。哦，好难受。"

"亏你还能爬上这个陡坡。"

"管它呢，才不管它呢。"驹子一骨碌往后一仰，压得岛村透不过气来。因突然给她吵醒，人还迷迷糊糊的，刚坐起来，便又躺了下去，脑袋碰到一个滚烫的东西上，便一惊。

"怎么，跟团火似的，傻瓜。"

"是吗？火枕头，会烫伤的哩。"

"真的。"岛村闭上眼睛，那股热气沁入他的脑门，使他感到自己确是活着。驹子呼哧呼哧的，气息那么粗，使他越来越意识到，眼前这一现实。那似乎是种悔恨，但又令人恋恋不舍。此刻他心里很平静，好像在等着什么报复似的。

"我说来，就来了不是？"驹子反复念叨这句话。

"既然来过了，就该回去了。洗头去。"

于是爬了起来，咕嘟咕嘟喝水。

"你这个样子，哪能回去呢？"

"我得回去。我有伴儿。洗澡的用具上哪儿去啦？"

岛村站起来去开灯，驹子两手捂着脸，伏在席子上。

"不要嘛。"

驹子身上穿了一件镶黑领的毛料圆袖夹睡衣，花色很鲜艳，腰上系了一条窄腰带，看不见内衣的领襟。一双赤脚，也都泛出了酒意。她蜷缩着身子，仿佛要把自己藏起来似的，显得怪可爱的。

洗澡用具像是扔进来的，肥皂和梳子之类散在各处。

"帮我剪掉，我带剪刀来了。"

"剪什么？"

"这个呀。"驹子把手按在头发后面说，"本来要在家里剪掉头绳的，手不听使唤。顺便到这里，请你帮着剪一剪。"

岛村把她头发一绺绺分开，剪掉头绳。每剪一处，驹子便摇摇头，把头发抖落下来，人也安静一点。

"这会儿几点了？"

"已经三点了。"

"哟，这么晚了？可别把头发也剪掉呀。"

"系了这么许多。"

岛村手里捏了一绺假发，靠近头皮的地方还有些温热。

"已经三点了么？大概陪酒回来之后，就那么躺倒睡着了。事先跟女伴约好的，所以才来叫我。她们这会儿准在想，也不知我到哪儿去了。"

"在等你吗？"

"在公共澡堂里洗呢，一共三个人。本来有六处饭局要应酬，结果只转了四处。下星期赏红叶，又得忙了，好，谢谢。"

驹子梳着披散的头发，仰起脸，粲然一笑。

"管它呢，嘻嘻，多好玩。"

接着，无可奈何地捡起假发说：

"不好让人家久等，我该走啦。回来时，我就不过来了。"

"看得见路么？"

"看得见。"

可是，她毕竟踩着衣服下摆，踉跄了一下。

早晨七点和半夜三点，在这种异乎寻常的时间里，竟一天两次偷空来看他，岛村觉得很不一般。

旅馆的茶房像过年挂松枝那样，把大门口拿红叶装饰起来，以示欢迎前来赏枫的客人。

在那里指手画脚、颐指气使的，竟是那个临时雇来、自嘲为"候鸟"的茶房。有些人从新绿的初春到漫山红叶的深秋，来这里的山间温泉做生活，冬天则到热海、长冈那一带的伊豆温泉去谋生，他就是这么一种人。每年并不限于在同一家旅馆干活。一方面卖弄他在繁华的伊豆温泉场的那套经验，同时又专说这一带旅馆待客的坏话。虽然搓手哈腰善于死皮赖脸地拉客，但显得假惺惺的，一副讨好的样子。

"先生，您晓得通草籽么？您要尝尝，我来给您摘。"他冲着散步回来的岛村说，一面把带着通草籽的蔓藤系在枫树枝上。

枫树枝大概是从山上砍来的，有屋檐那么高。鲜红的色调，使得大门焕然生辉，每片枫叶都大得出奇。

岛村攥了攥冰凉的通草籽，偶然朝账房那边望了一眼，见叶子正坐在地炉边上。

老板娘守着铜壶在温酒。叶子面对着她，老板娘说句什么，叶子便爽快地点一点头。没穿雪裤，也没套和服外褂，只穿了一件像似刚浆洗过的绸子和服。

"是来帮忙的么？"岛村若无其事地问茶房。

"是呀，幸好她来，人手不够哩。"

"和你一样吧？"

"嗳。不过，乡下姑娘古怪得很。"

叶子好像在厨房里帮忙，从来没上客厅来过。客人一多，厨房里女用人的声音便乱糟糟地响成一片，却听不见叶子的声音。到岛村房里侍候的女用人说，叶子有个习惯，睡觉前洗澡的时候，好在澡堂里唱歌。不过，岛村没听见她唱过。

然而，一想到叶子也在这里，不知怎的，岛村觉得再叫驹子，就不免有所顾忌。驹子虽然对他表示爱恋，岛村自己却感到空虚，认为那只不过是一场美丽的春梦而已。也正因为如此，他好像摸到光滑的肌肤一般，反而感受到驹子身上那股求生的活力。他既哀怜驹子，也哀怜自己。他觉得叶子仿佛有一双慧眼，无意之间能洞察这一切似的。岛村同时又为她所吸引。

岛村即便不叫，驹子也常常会不期而至。

有一次，岛村去溪谷深处看红叶，经过驹子家门前。她听见车声，断定准是岛村，便跑了出来。而他竟头都没有回，事后她曾责备岛村，是个薄情郎。驹子只要应召来旅馆，是不会不去岛村房间的。去洗澡时，也会顺便来一趟。要是有饭局，便提早一个钟点，在岛村这里一直玩到女用人来催她才离开。陪酒时，也时常偷偷溜出来，在他那里对镜匀脸。

"做活去了，要赚钱嘛。走啦，赚钱，赚钱!"说着站起来走了。

装琴拨的口袋呀，和服的外套呀，以及她带来的不论什么东西，总爱留在岛村房里，然后才回去。

"昨晚回去没有开水，就在厨房里凑合着把早晨吃剩的酱汤浇在饭上，就着咸梅子吃的。凉极了。今天早晨也没人叫我。醒来一看，已经十点半了。本来想七点钟起来，结果也没起成。"

她把这类琐事，以及从这家旅馆到那家旅馆，酒宴上的情形，都一一说给岛村听。

"等会儿再来。"喝完水站起来后，却又说，"或许不来了。三十位客人，我们才三个，忙得脱不开身呀。"

可是，过一会儿又来了。

"真受不了。对方有三十个人，我们才三个人。而且，老的老，小的小，就苦了我。客人又小气得很。准是什么旅行团的。

三十个人，至少也该叫六个人才行。回头喝它一通，把他们吓一吓再来。"

每天都是这种情景，这样下去怎么了局。驹子似乎也在极力掩饰自己的身心，可是，她那说不出的孤独感，反倒给她平添无限的风情，益发的娇艳。

"走廊走起来要出声音，真难为情。哪怕脚步放得再轻也听得见。走过厨房时，他们常拿我打趣，说：'驹姑娘，是去茶花厅吧？'我万万没想到会变得这么顾虑重重的。"

"小地方就是多事。"

"现在人家全知道了。"

"那很糟糕。"

"可不是！要是名声稍有不好，在这种小地方就算完了。"随即仰脸微笑着又说，"算了，管它呢。我们这种人，到哪儿也能混碗饭吃。"

这种坦率的老实话，使得仰承先人遗产而饱食终日的岛村，大为意外。

"本来么，在哪儿还不是一样混饭吃，有什么好想不开的！"

她虽然说得那么轻描淡写，岛村仍能听到女人的心声。

"得了，甭去想了。能够真心去爱一个人的，只有女人才做得到。"驹子微微红着脸，低下头去。

后衣领敞了开来，露出雪白的肩背，像把展开的扇面。丰盈的肌肉，搽着厚厚的白粉，不知为什么，有点可怜兮兮的，看着既像毛织品，又像是兽类。

"也是因为如今这世道……"岛村嗫嚅道，忽而意识到语意的空洞，不由得打了个冷噤。

但驹子却单纯地说：

"什么世道还不都一样嘛！"

抬起头来，呆呆地又说了一句：

"你这还不知道？"

贴在背上的红衬衣给遮住看不见了。

岛村现在正在翻译保罗·瓦莱里①、阿兰②，以及俄国舞全盛时期法国文人的舞蹈论。打算自费出版少量豪华版。说来这种书对今天的日本舞蹈界未必有用，不过是聊以自慰罢了。拿自己的工作来嘲弄自己，恐怕也算是一种自得其乐吧。他那可怜的梦幻世界，也许正是从那里幻化出来的。尤其他无须这么急着出来旅行。

他仔细观察了昆虫憋死的惨状。

秋天愈来愈冷，他房里的席子上，每天都有死掉的虫子。硬翅膀的虫子，一翻转来，便再也爬不起来了。而蜂，却是跌跌爬爬，爬爬跌跌的。看来像是随着季节的推移，而自然地死

---

① 保罗·瓦莱里（1871—1945），法国后期象征派诗人，评论家。
② 阿兰（1868—1951），法国哲学家，提倡理性主义。

去，死得静谧安宁。其实走近一看，脚和触须还在抽搐、挣扎。区区小虫，死所竟有八席之大，看来是宽敞有余了。

岛村用手去捏起来扔掉，有时会突然想起留在家里的几个孩子。

有的蛾子，一直停在纱窗上不动，其实已经死了，像枯叶似的飘落下来。有的是从墙上掉下来的。岛村捡起来一看，心想，为什么长得这样美呢？

防虫的纱窗已经卸掉，虫声寂然不闻。

县境上的群山，红得越发浓重，夕照之下，宛如冰冷的矿石，发出黯然的光彩。旅馆里挤满观赏红叶的游客。

"今儿个大约来不成了。本地人要举行宴会。"那天晚上驹子到岛村房里来时说。不大一会，从大厅里传来鼓声，夹带着女人的尖声高叫。正闹成一片时，出乎意外地近旁响起一个清亮的嗓音，问：

"有人吗？有人没有？"是叶子在叫。

"这是驹姐姐叫我送来的。"

叶子站着，像邮差似的伸过手来，随即又慌忙一跪。岛村解开打着结的便条时，叶子已经走掉了。连句话都没来得及说。

"此刻正在喝酒，闹得挺开心。"字是写在手纸上的，歪七扭八的。

然而，不出十分钟，驹子跟跟跄跄地走了进来。

"方才那丫头送什么东西来没有?"

"来过了。"

"是么?"高兴地眯起一只眼睛。

"啊,真痛快。我推说去叫酒,便偷偷溜了出来。给账房先生看见了,还挨了骂。酒真好。挨骂也罢,脚步声也罢,什么都不在乎。哎呀,糟糕,一来这儿,忽然醉起来啦。我还得做生意去。"

"你连手指尖都红得很好看呢。"

"走啦,做生意去。那丫头说什么没有?她可会拈酸吃醋呐,你知道不?"

"谁呀?"

"会宰了你的。"

"她也在帮忙么?"

"端着酒壶,一动不动地站在走廊上瞧着,眼睛忽闪忽闪,亮晶晶的。你就喜欢那种眼神,是吧?"

"她准是一边看,心里一边想,真够下流的。"

"所以呀,我才写了条子叫她送来。好渴,给我点水吧。谁下流?要不把女人骗到手,那可难说。我醉了么?"说着扑向镜台,抓住镜台的两角,对着镜子照了照,随即直起身子,理好下摆便出去了。

过了一会儿,宴会似乎散了,忽然沉静下来,远远传来收拾碗盏的声音。以为驹子被客人带到别的旅馆，去陪第二次酒时，不料叶子又拿着驹子打了结的字条来了。

"山风馆饭局已作罢，将去梅厅，回家时前来，晚安。"

岛村有些发窘，苦笑着说：

"谢谢你。是来帮忙的么？"

"嗯。"叶子点头时，美丽的目光锐利地瞥了岛村一眼。岛村不免有些狼狈。

以前见的那几次，都曾留下令人感动的印象，而此刻她这样若无其事地坐在面前，岛村竟莫名其妙地有些局促起来。她那过于严肃的举止，总像有什么不寻常的事似的。

"好像很忙吧？"

"嗯。不过，我什么都做不来。"

"我倒是见过你好几次呢。头一次在回来的火车上，你照顾那个病人，还把你弟弟托付给站长，你还记得吗？"

"记得。"

"听说你睡觉前爱在澡堂里唱歌？"

"啊哟，真不像话，多难为情呀。"那声音美得惊人。

"你的事，我好像什么都知道似的。"

"是么？是听驹姐姐说的吧？"

"她倒没说什么。甚至不大愿意提你的事呢。"

"是么？"叶子悄悄扭过脸去说，"驹姐姐人很好，就是太可怜了，请你好好待她吧。"

说得很快，说到后来，声音都带点颤。

"可是，我也无能为力啊。"

叶子好像浑身都在发颤。脸上光艳照人。岛村忙将目光避开，笑着说：

"也许我该早些回东京的好。"

"我也要去东京呐。"

"什么时候？"

"什么时候都行。"

"那么，回去时带你一起走吧？"

"好的，就请带我一起走吧。"像似随便说说，但声音却透着真挚，岛村感到惊讶。

"只要你家里人肯答应。"

"我家里，只有一个在铁路上做事的弟弟。我自己做主就行了。"

"东京有什么熟人么？"

"没有。"

"同她商量过没有？"

"你是说驹姐姐吗？她可恨，我才不告诉她呢。"

说着说着，情绪和缓下来，抬起有点湿润的眼睛，看着岛村。在叶子身上，岛村感到有种奇怪的魅力。但不知怎的，对驹子的恋情反倒更加炽烈起来。同一个身世不明的姑娘，像私奔似的回去，他觉得这样做虽然有些过分，但对驹子却是一种悔罪的表示，或者说也是一种惩罚。

"与一个男人同行，不怕吗？"

"怕什么呢？"

"你至少得打好主意，在东京什么地方落脚，想要做什么，否则岂不太冒险吗？"

"一个女孩子家总会有办法的。"叶子把尾音往上一挑，听来很悦耳。她盯着岛村说：

"你不能雇我做女用人么？"

"什么话，做女用人！"

"说真的，我也不愿意当女用人。"

"以前你在东京做什么呢？"

"看护。"

"在医院里，还是在学校里？"

"都不是，只不过我想当就是了。"

岛村又想起火车上叶子照顾师傅儿子的情景，神情那么专注，正足以表现她的志向，不由得微笑了。

"那么这次也想去当看护了？"

"不想再当了。"

"那么没长性可不行。"

“啊哟，什么没长性，我不喜欢嘛。”叶子不以为然地笑了起来。

她的笑声也响亮清脆得近乎悲凉，听着毫无痴骏之感。在岛村的心弦上，徒然叩击了几下便消逝了。

“什么事那么好笑?”

“说穿了吧，我只看护过一个病人。”

“唔?”

“而且，再也做不到了。”

“原来这样。”岛村出其不意又接了这么一句，便轻轻地说，“听说你每天都到荞麦田下面的坟上去，是么?”

“嗯。”

“你打算这一生就不再看护别的病人，也不上别人的坟了么?”

“不啦。”

“那你怎么舍得抛下那座坟，跑到东京去呢?”

“啊呀，对不起。你带我去吧。”

“驹子说，你最会吃醋哩。那个人不是驹子的未婚夫么?”

“行男么? 瞎说，没有的事。”

“你说驹子可恨，为什么呢?”

“驹姐姐么?”她像当面叫人似的，眼光忽闪忽闪地盯住岛村说：

"请你好好待驹姐姐吧。"

"我也力不从心啊。"

叶子的眼角里涌出泪水，一面捏着掉在席上的小飞蛾，一面啜泣着说：

"驹姐姐说，我会发疯的。"说完，霍地跑出屋去。

岛村感到一缕寒意。

他打开窗子，想把叶子捏死的蛾子扔出去，却看见驹子喝醉酒，正欠起身子，逼着客人猜拳。天空阴沉沉的。岛村洗澡去了。

叶子领着旅馆的孩子，走进隔壁的女浴池。

让孩子脱衣服，给他擦澡，说话那么温柔，声音那么甜美，俨然一个天真烂漫的小母亲，听起来怪舒服的。

接着她又用那声音唱起歌来：

……

……

来到房后瞧一瞧，

梨树有三株，

杉树有三株，

三三一共有六株。

下做乌鸦巢，

> 上筑麻雀窝，
>
> 蟋蟀在林中，
>
> 为啥唧唧叫不住。
>
> 阿杉去扫墓，
>
> 扫的哪个墓，
>
> 扫的朋友墓，
>
> 一处一处又一处……

　　叶子孩子气地急口唱起这首拍球唱的儿歌，曲调轻快活泼，使岛村觉得方才的叶子就如同梦幻一样。

　　叶子不停地跟小孩子说话，直到走出澡堂，她的声音还像笛韵一样，余音袅袅。门口黑亮、陈旧的地板上，一旁摆着一只桐木三弦琴盒，在这秋夜的静谧中，也足以牵系岛村的情思。他走近去看是哪个艺伎的，正巧驹子从洗碗盏的那边走了过来。

　　"看什么呢？"

　　"这个人在这里过夜么？"

　　"谁？哦，这个呀？多傻呀，你这人。这东西哪能随身带着各处走呢。有时一放就是好几天。"她笑着刚说完，便痛苦地喘着粗气，闭起眼睛，松开衣摆，踉踉跄跄地靠在岛村身上。

　　"好吗？送送我吧。"

　　"何必回去呢？"

"不，不，我得回去。本地人的饭局，别人全跟着去侍候第二局，只我一个人留下来了。这里有饭局倒还好说，等会她们回家约我去洗澡，我若不在，就太说不过去了。"

人已经醉得不成样子，驹子居然还能挺住身子走下陡坡。

"是你把那丫头弄哭的吧？"

"这么一说，她倒真有些疯疯癫癫的呢。"

"把人家看成那样，还觉得挺有趣，是不？"

"那不是你说的吗？说她会发疯。大概想起你的话才气哭了的。"

"那就算了。"

"可是还不到十分钟，便在澡堂里美滋滋地唱了起来。"

"在澡堂里唱歌，是她的怪癖。"

"她还正正经经求我，叫我好好待你来着。"

"多蠢呐。不过，这种话用不着你来跟我吹嘘。"

"吹嘘？不知为什么，很奇怪，一提起那姑娘，你就闹别扭。"

"你想要她是不是？"

"你这人，怎么说出这种话！"

"不是跟你开玩笑。看见那丫头，总觉得日后会成为我的一大包袱。不知怎的，我老有这种感觉。事情搁在你身上也是一样，假定你喜欢她，就好好观察观察看，你准会也这么认为的。"驹子把手搭在岛村肩上，依傍过来，忽而又摇摇头说：

"不。要是有你这样的人照顾她，也许还不至于疯。你替我背这包袱吧，好吗？"

"别胡说了。"

"你以为我是撒酒疯说醉话么？我想过，那丫头要能在你身边，有你疼她，我索性就在这山里破罐破摔了。那多痛快。"

"喂！"

"放开我！"说着一脱身跑开了，咕咚一下撞到挡雨板上，已经到了她的住处。

"他们以为你不回来了。"

"嗯。我能开。"

从底下连提带拉，门便吱吱嘎嘎地开了。驹子低声说道：

"坐坐再走吧？"

"这么晚了。"

"他们全睡了。"

岛村终究有些游移。

"那我送你回去。"

"不必了。"

"不行。我现在的房间你还没看过呐。"

走进后门，眼前便横七竖八睡了一家人。盖的棉被是这一带做雪裤用的布料，已经褪了色，硬板板的。昏黄的灯光下，主人夫妇和一个十七八岁的女儿，还有五六个孩子，脸朝哪面睡的都有，贫寒之中自有一种强劲的生命力。

房里一股热烘烘的鼻息，逼得岛村不由得想退出门去，可是驹子已把身后的门啪嗒一声关上了，也不顾脚下出声，踩着木板地过来，岛村蹑手蹑脚走过小孩子的枕头边。一种奇异的快感，使他胸中发颤。

"你在这儿等一下，我先上去开灯。"

"不用了。"岛村摸黑走上楼梯。回头一看，顺着一张张朴实的睡脸望过去，那边是卖点心糖食的铺面。

楼上有四间屋子，农家的格局，铺着旧席子。

"我一个人住，大是够大的了。"驹子说。她把所有的纸门都敞开，旧家具什物，全堆在另一间屋里。熏黑的纸门里面，铺着驹子的小铺盖。墙上挂着陪酒穿的衣服，简直像一座狐仙的洞府。

驹子一个人坐在铺盖上，把仅有的一个坐垫给了岛村。

"哟，好红！"照着镜子说，"竟醉成这个样子了？"

说完便在衣橱上摸索了一阵。

"给你，日记。"

"这么多。"

从衣橱旁又拿来一个花纸糊的小盒，里面装满了各种牌子的香烟。

"客人给了，我就拢在袖子里或掖在腰带里带回来。虽然皱成这样子，却一点不脏。差不多的牌子都有了。"说着在岛村面前挂着一只胳膊，翻弄着盒里的香烟。

"哎呀，没有火柴。戒了烟，便用不着了。"

"算了。你还做针线？"

"嗯。赏红叶的客人一多，就忙得没工夫做。"驹子回身把衣橱前面的活计收到一旁。

那只直木纹的漂亮衣橱和豪华的朱漆针线盒，大概是驹子在东京那段生活的纪念品，依然同放在师傅家那间纸箱似的顶楼里一样，眼前摆在这荒凉的二楼上，显得黯然失色。

电灯上吊着一根细绳，一直垂到枕边。

"看完书想睡时，一拉这根绳，灯便熄了。"驹子摆弄着灯绳，俨然像个家庭主妇，规规矩矩坐在那里，带着一点娇羞。

"就像狐狸嫁女点鬼火——明灭由己。"

"可不是。"

"真要在这屋里住四年么？"

"已经半年过去了，其实也快。"

楼下的鼻息声隐约可闻，一时找不出话来，岛村便匆匆站了起来。

驹子一面关门，一面探头仰望夜空。

"要下雪了。红叶也快过时了。"说着也走到外面。

"这一带全是山，红叶还没落尽便会下雪。"

"那么明天见了。"

"我送送你，送到旅馆门口。"

可是，仍和岛村一起进了旅馆。

"明儿见。"说完便不知到哪去了。过了一会儿，端了满满两杯冷酒来，一进屋便兴冲冲地说：

"来，喝一杯。你喝呀。"

"旅馆的人都睡了，你从哪儿拿来的？"

"嗯，我知道放在哪儿。"

看样子驹子从酒桶倒酒时，已经喝过了，又露出方才的醉态，眯起眼睛，看着酒从杯口往外溢。

"不过，摸黑喝酒，真没味儿。"

岛村接过那杯冷酒，一口便喝干了。

喝这点酒本不该醉，也许是方才在外面走受了凉，突然觉得恶心起来，酒力上了头。岛村自知脸色发青，便闭起眼睛躺了下去。驹子慌忙过来服侍，不久，贴着女人热烘烘的身体，岛村像孩子似的感到泰然。

驹子羞答答的，举止就像一个没生育过的少女，抱着别人的娃娃，抬头望着孩子的睡脸。

过了一会儿，岛村突然开口说：

"你是个好姑娘。"

"好什么？好在哪儿？"

"是个好姑娘嘛。"

"是么？你这人真讨厌。说些什么呀？振作一些吧。"驹子扭过脸去，一面摇着岛村，断断续续地埋怨他几句，便一声不响了。

少顷，她独自含笑道：

"这么着不好。我心里很难过，你还是回去吧。替换的衣服也没有了。每回上你这儿来，都想换一件陪酒穿的衣服，可是也再没得可换了，身上这件还是向朋友借的呢。我这人很坏，是不？"

岛村无言以对。

"我这种人，有什么好？"驹子声音有些哽咽，"初次见到你时，我曾想，这人多讨厌呐。哪有说话这么不礼貌的？那时真觉得挺讨厌的。"

岛村点了点头。

"哎呀，这话我可一直没告诉你，你懂么？一个人让女人这么说他，岂不完了？"

"我不在乎。"

"真的？"驹子仿佛在回顾自己的过去，默然有顷。她把女性生命的温暖传给了岛村。

"你是个好女人。"

"怎么好法？"

"就是好女人嘛。"

"真是个怪人。"害羞似的缩起肩膀，把脸藏了起来。蓦地不知想起什么，支起一只胳膊，抬起头问：

"你这话是什么意思？告诉我，指的什么？"

岛村一愕，望着驹子。

"告诉我呀。就因为这，才老往这儿跑的么？你是笑话我，对吧？你到底还是笑我了。"

驹子面孔涨得通红，眼睛瞪着岛村责问。愤激得肩膀也直哆嗦。铁青着脸，扑簌簌地掉下泪来。

"真窝心！啊，太窝心了！"一骨碌出了被窝，背对岛村坐着。

岛村这才明白驹子误会了自己的意思，心里一怔，可是仍闭着眼睛不作声。

"真叫人伤心呀。"

驹子一个人喃喃自语的，身子缩成一团，趴在席子上。

大概是哭够了，拿银簪扑哧扑哧在席子上扎了半天，突然站起来走出房间。

岛村无法去追她。听驹子这么一说，心里十分内疚。

可是，驹子旋即又轻手轻脚地走回来，在纸拉门外娇声叫道：

"嗳，洗澡去吗?"

"唔。"

"别介意呀。我又想通了。"

躲在走廊上，站着不肯进来，岛村便拿了毛巾出去。驹子怕碰见他的目光，略微低着头走在前面。就像一个犯了案的罪人，给逮走的样子。洗过澡，身体暖和了，人又嘻嘻哈哈起来，看着叫人怪心疼的，她哪还能睡得着。

第二天清早，岛村给唱谣曲的吵醒了。

静静地听了一会儿，驹子从梳妆台前回过头来，嫣然一笑，说道：

"是梅花厅的客人。昨晚宴会后不是叫我去了么?"

"是谣曲会的团体旅行吧?"

"嗯。"

"下雪了吗?"

"可不。"驹子站起来，哗啦一声拉开纸窗。

"红叶也快完了。"

窗外是一角灰暗的天空，鹅毛大雪飞飞扬扬，飘洒进来。四周简直静得出奇。岛村睡意未消，茫然望着窗外。

唱谣曲的人又敲起鼓来。

岛村想起去年年底，那面映着晨雪的镜子，便向梳妆台望去。镜中那冰冷的雪花，显得分外大。驹子敞开衣领在擦脖子，四周闪过一道道白光。

驹子的肌肤，白净得像刚洗过一样。想不到她这人，竟会因岛村偶然的一句话，造成那样的误会。于此也可看出她内心难以抑遏的悲哀。

远山的红叶已呈锈色，日渐黯淡，因了这场初雪，竟又变得光鲜而富有生气。

杉林覆盖着一层薄雪，一棵棵立在雪地上格外分明，峭楞楞地指向天空。

雪中绩麻，雪中纺织，雪水漂洗，雪上晾晒。从绩麻到织布，都在雪中完成。所以古书上写道：有雪才有绉布，雪为绉布之母。

在漫长的雪季，织这种麻绉是农妇村姑的手工艺。岛村在估衣铺里搜求过这种雪国产的麻绉，用来做夏服穿。因舞蹈方面的关系，他认识经营古典戏装的旧货店，甚至托他们，但凡有什么好货色，便留给他看看。他喜欢这种麻绉，有时也做成贴身的单衣。

据说，从前每逢拆下挡雪帘子，到了冰雪解冻的春天，便是麻绉上市的季节。收购麻绉的商贾，从东京、大阪和京都远道而来，甚至有固定的常住旅店。姑娘们辛苦半年，精心织的麻绉，也为的是赶这个一年中的头一个集市。远村近郭的男男女女都云集于此，耍把戏的，卖东西的，摊头鳞次栉比，就跟城里庙会一般热闹。绉布上拴着纸签，写着织布人的姓名、住处，按着布的成色定为一等二等。这也成了挑选媳妇的标准。得从小学起，若非十五六至二十四五的年轻姑娘，是绝对织不出好绉布来的。年纪一大，织出来的绉布就缺少光泽。姑娘们要想成为数一数二的织布能手，势必得下番苦功，磨炼自己的手艺不可。每年旧历十月开始绩麻，到第二年二月中晾完。隆冬雪天，别无杂事，才能专心致志于这门手艺。产品中，自是凝聚了织女的一番心血。

岛村穿的麻绉中，说不定就有明治初年，甚至更早的江户末年的姑娘织的料子呢。

直到现在，岛村还把自己的麻绉拿出去"晾雪"。把不知从前是什么人穿过的旧衣服，每年送到产地去晾，固然是件麻烦事，但是想到姑娘们当年在大雪天里，那么兢兢业业，便不由得想要送到织女所在地去好好晾晾。白麻，晾在深厚的雪地上，映着朝阳，染上一层红色，浑然分不出是雪，还是布。每当想起这一情景，夏天的污秽便好像已涤荡无遗，自己的身体也像晾晒一遍，觉得那么舒适。不过，晾晒之类，都由东京的估衣店代办，至于古代晾法，究竟有没有传下来，岛村便不得而知了。

不过，晾麻店是自古就有的。织女很少自织自晾的，大抵都送到晾麻店去。白绉布是先织后晾，而带色的，则在纺成麻纱之后，便先期晾在绷架上。白绉布是直接铺在雪地上晾，从旧历正月晾到二月。所以，据说有时就把盖着积雪的田地当成晾麻的场所。

无论是布还是纱，都要在灰水里浸上一夜，第二天早晨用清水漂过几道，绞干再晾。如是者，反复几天。待到白绉晾晒接近完工时，遇到一轮朝日照在上面，红彤彤的景色，蔚为壮观，无可形容。难怪古人在书上写道：但愿南国庶众，也能一饱眼福。而晾事一了，便预示着雪国之春即将来临。

绉布的产地离这个温泉村很近。就在山峡渐渐开阔、河川下游的平原上，从岛村的房间似也隐约可见。从前有绉布市集的村镇，现在都修了火车站，成了有名的机织工业区了。

但是，无论穿麻绉的盛夏，抑或织麻绉的寒冬，岛村都没有来过这个温泉村，所以也就无从和驹子提起麻绉的事。而且，他也不是专门探求古代民间工艺遗迹的那种人。

然而，在澡堂里听见叶子的歌声，岛村忽然想到，倘如这姑娘生在古时，在纺车和织机旁准是也这么唱歌的。叶子的歌声，富于那种古朴的情调。

麻纱比毛发还细，如果不借助天然冰雪来回潮一下，便更难处理，据说在阴冷季节最为合适。古人说，数九寒天织的布，三伏天穿着最为凉爽，此乃阴阳和合，自然之道。即便是缠着岛村不放的驹子，身上似乎也有着某种凉意。因此，她热情奔放之时，岛村便格外怜惜。

但是，这种情爱，远不如一匹麻绉那么实在，麻绉还能以确切的形式保存下来。在工艺品中，穿着用的布匹寿命最短，但只要保存得好，即便是五十年前的麻绉，都不褪色，仍旧可穿。然而，人间情爱竟不及麻绉来得持久。岛村茫茫然想到此处，脑海里蓦地现出驹子日后给人生儿育女，做了母亲的模样。他倏然惊觉，向四周打量了一下。心里想，可能是太累了。

他这次逗留这么久，好像把妻儿老小都给忘记了。倒也不是因为难舍难分，只是盼望驹子时时前来相会，已经成了习惯。驹子越是这样苦苦追求，岛村越是责备自己，难道自己已经心如死灰了么？也就是说，明知自己寂寞，却又不思摆脱。驹子闯入自己的心灵，岛村觉得很不可思议。她的一切，岛村都能理解，而岛村的一切，驹子似乎毫无所知。驹子撞上一堵虚无的墙壁，那回声，岛村听来，如同雪花纷纷落在自己的心坎上。岛村毕竟不可能由着自己的性儿，永远这样下去。

他觉得，这次回去，怕是一时不会再到这温泉村来了。雪季将临，已经笼上了火盆，岛村靠在火盆边上。方才旅馆老板特地送来一只京都产的古色古香的铁壶。壶上镶着嵌银的花鸟图案，十分精巧。这时壶水发出柔和的声音，有如松涛细响一般。声音分成远近二重，那远的，在松涛之外，仿佛另有只小铃铛，隐隐约约响个不停。岛村把耳朵贴近水壶去谛听那铃声。忽然看见驹子的一双小脚，迈着如铃声一般细碎的步子，从那铃声悠扬的远方走来。岛村一惊之下，决意非尽快离开这里不可了。

于是，岛村便想到麻绉产地去看看，并打算趁此机会，离开这温泉村。

河的下游有好几处村镇，岛村不知该去哪儿好。他不想去看现在已经发展成机织工业的大镇，宁愿在一个冷清的小站下车。走了片刻，便到了一条像似从前的客栈街。

家家的屋檐都伸出一大块，支撑檐头的柱子，沿路竖了一长排。类似江户城里的骑楼底。而这里自古叫"雁木"，雪深时便成了人行道。路的一侧，房屋鳞次栉比，上面的屋檐彼此相连。

因为家家屋檐相连，顶上的积雪只能扫到路中间，否则无处可堆。路上已经堆成一条雪堤。所以，实际上是把雪从屋顶上扫到路中间的雪堤上。要过马路，须打通雪堤，开出许多洞才行。当地叫作"胎里钻"。

虽然同是雪国，但驹子所在的温泉村，屋檐并不相连，所以岛村到了这个镇上，才头一次见到"雁木"。他稀奇得不得了，在那下面走了一遭。古老的屋檐，遮得下面很暗。倾圮的柱脚，已快朽烂。他觉得好像在窥探这世世代代埋在雪中阴森忧郁的人家似的。

织女们在雪下苦心孤诣从事手工劳作的生涯，绝不像她们织出的麻绉那么清爽明丽。这个十分古老的村镇给他的印象，足以使他这么认为。记载有关麻绉的古书里，曾引用中国唐朝秦韬玉的诗，而当时之所以无人肯雇织女织布，据说是因为织一匹麻绉，既费工又费钱，得不偿失。

如此辛劳的织女，没留下名字便已故去，只有美丽的麻绉留存下来。夏天穿着感觉凉爽，于是便成为岛村这类人的奢侈衣物了。这本来是毫不足怪的事，岛村忽然觉得不可思议起来。那一往情深的爱的追求，有朝一日，难道竟会变成对所爱的人的鞭笞么？岛村从雁木下走到马路上。

这条街又直又长，当年街上客栈云集。大概一直通到温泉村，是条由来已久的街道。屋顶由木板葺成，上面压着板条和石块，同温泉村毫无二致。

屋檐下的柱子，投下一抹淡淡的影子。不知不觉间已近黄昏了。

看无可看了，岛村便又乘上火车，到了另一个村镇。样子和前一个镇子差不多。他随便闲逛了一会儿，吃了一碗面，好压压寒气。

面馆儿靠近河边，想必这条河也是从温泉村流过来的。三三两两的尼姑，先后从桥上走过。都穿着草鞋，有的身背圆斗笠，好像是托钵归来的样子，给人以乌鸦急急还巢的感觉。

"走过去的尼姑好像不少哩?"岛村问面馆儿的女人。

"敢情，山里有座尼姑庵。过几天一下雪，再下山，就难了。"

暮色渐浓，桥那边的山显得白蒙蒙的。

这一带，一到叶落风寒，便连日阴天，冷飕飕的。这是下雪的兆头。远近的高山白蒙蒙一片，这叫作"山戴帽"。近海的地方，会有海啸；山深之处，则有山鸣，远远的如同雷声，这便是"地打雷"。但凡看见"山戴帽"或听见"地打雷"，便可知道大雪将临。岛村想起古书上是这么写的。

岛村早晨躺在床上，听赏红叶的游客唱谣曲的那天，下了头场雪。今年难道已经海啸、山鸣过了么?岛村独自一人羁旅在温泉村，不时地与驹子相会，难道是耳朵变得出奇的灵敏么?单单是那么想一下海啸、山鸣，耳内便仿佛隐隐然响起一阵轰鸣。

"这往后，尼姑她们过冬该闭门不出了吧?有多少人呢?"

"嗯，恐怕不少呢。"

"净是些尼姑在一起，大雪封山的这几个月，都做些什么呢?从前这里出产的那种麻绉，要是庵里能织织倒不错。"

好事的岛村说的这番话，面馆儿女人听了只是淡淡一笑。

回去时，岛村在车站上差不多等了两个小时的火车。惨淡的夕阳已经西沉，寒气渐渐袭人，仿佛连星光也冷得格外璀璨。脚上冻得冰凉。

岛村毫无目的地跑了一趟，又回到了温泉村。车子开过平交道，到了神社的杉林旁的时候，眼前一户人家灯火明亮，岛村松了一口气，那是菊村小饭馆，三四个艺伎正站在门口聊天。

岛村还没来得及想，驹子也许会在这里，一眼便看见了她。

车速突然慢了下来。恐怕司机对岛村和驹子的关系已有所知，所以无意中开得很慢。

岛村蓦地回头，朝后面望去，正好背着驹子的方向。自己乘的这辆汽车，在雪上分明留下两行车辙，想不到在星光下，竟能看得老远。

车子到了驹子面前，好像一眨眼的工夫，驹子猛地跳上汽车。汽车没有停，照旧慢吞吞地爬上山坡。驹子的身子缩在车门外的踏板上，抓着门把手。

那势头像是跳上来就给吸在上面似的。岛村感觉恍如有个温暖的东西轻轻挨了过来，丝毫不觉得驹子的举动有什么不自然或危险之处。驹子像要抱住车窗，举起一只胳膊，袖子滑了下去，长衬衣的颜色，隔着厚厚的玻璃，映入岛村冻僵的眼帘。

驹子将前额贴在玻璃窗上，高声喊着：

"你到哪儿去啦？告诉我，到哪儿去啦？"

"多危险呀？不要胡来！"岛村也大声答道，这样闹着玩也不无甜情蜜意。

驹子打开车门，侧着身子钻了进来。这时车刚刚停下，已经开到山脚下了。

"告诉我，你到底去哪儿了？"

"嗯，没去哪儿。"

"哪儿？"

"没到哪里去。"

驹子用手理了一下衣摆，举止间艺伎的风情十足，岛村看着忽然觉得很稀奇。

司机坐着一动不动。岛村发觉车子停在路的尽头，这么坐在车里，觉得很可笑，便说："下车吧。"

驹子把手放在岛村搁在膝盖上的手上说：

"哟，好凉！这么凉！怎么不带我去呢？"

"是啊。"

"什么呀？你这人真怪。"驹子高兴地笑着，登上陡峭的石级小路。

"我看见你走的。好像是两点，要么就是还没到三点。"

"嗯。"

"听见汽车声，我就跑出来了，跑到门口看你来着。你没回头往后看吧？"

"是么？"

"没看。你为什么不回头看看呢?"

岛村一愣。

"你不知道我在送你么?"

"不知道。"

"瞧你这人!"驹子依旧高兴地抿嘴笑着,把肩膀靠了过来。

"怎么不带我去呢? 越来越冷淡了,真可气。"

突然响起了警钟。

两人回头一看,喊道:

"失火了,失火了!"

"是失火了。"

火焰从下面的村中升起。

驹子叫了两三声,抓住岛村的手。

黑烟滚滚,火舌时隐时现。火势向四面蔓延开来,噬着房檐。

"是哪儿? 是不是你原先住过的师傅家附近?"

"不是。"

"那是哪儿?"

"还要过去些,靠近火车站。"

火焰穿出屋顶,冲向天空。

"哎呀,是茧仓。是茧仓呀。哎呀,哎呀,茧仓烧起来啦。"

驹子不住地喊着,脸颊靠在岛村肩上。

"茧仓，是茧仓。"

火势越来越猛，但从高处望去，辽阔的星空下，一片寂静，火灾如同儿戏一般。然而，又好似听到烈焰熊熊的声音，有些凄厉可怖。岛村搂着驹子。

"没什么好怕的。"

"不，不，不！"驹子摇着头哭起来。脸庞在岛村手里显得比平时还小。绷紧的太阳穴颤个不停。

看见失火就哭了起来，但她为什么哭呢？岛村也不去多想，只是搂着她。

驹子忽然止住了哭泣，抬起脸说：

"呀，对了。茧仓里今儿晚上放电影。里面挤满了人。你看……"

"那可不得了。"

"准有人受伤，会烧死人的呀！"

听见上面人声嘈杂，两人急忙跑上台阶。抬头望去，高处旅馆的二三楼，差不多的房间都开着纸拉门，人都跑到亮堂堂的廊下看火烧。院子的一边，种了一排菊花，枝叶已经枯萎，也不知是旅馆的灯火，抑或是天上的星光，照得花叶轮廓分明，使人以为是火光照亮的。菊花的后面也站着人。有三四个茶房等人，从他俩头的上方连跑带颠地下来，驹子大声问：

"喂，是茧仓么？"

"是茧仓。"

"有人受伤么？有没有人受伤？"

"正在往外救呢。是影片拷贝忽的一下着了火，烧得很快。刚在电话里听说的。你看！"茶房迎面一边说，一边扬起胳膊一指，跑了下去。

"听说正把孩子一个个从楼上往下扔呢。"

"哎呀呀，那可怎么办？"驹子好像追着茶房，走下石级。后下来的人，都赶过她，跑到前面去了。驹子随着跑了起来，岛村也跟着追去。

石级下面，因为有房屋遮挡，只看见火苗。这时，火警又震天价响，使人愈发惶惶不安，奔跑起来。

"雪都冻上了，当心点，滑着呢。"驹子回头冲着岛村说，趁势收住了脚步。

"噢，对了，你算了吧，甭去了。我是因为惦记村里人。"

经她一说，倒也对，岛村不由得松了劲儿，一看脚下正是路轨，已经到了平交道了。

"银河，多美呀！"

驹子喃喃自语，望着天空，又跑了起来。

啊，银河！岛村举目望去，猛然间仿佛自己飘然飞入银河中去。银河好像近在咫尺，明亮得似能将岛村轻轻托起。漫游中的诗人芭蕉，在波涛汹涌的大海上所看到的银河，难道也是如此之瑰丽，如此之辽阔么？光洁的银河，似乎要以她赤裸的身躯，把黑夜中的大地卷裹进去，低垂下来，几乎伸手可及。真是明艳至极。岛村甚至以为自己渺小的身影，会从地上倒映入银河。是那样澄明清澈，不仅里面的点点繁星一一可辨，就连天光云影间的斑斑银屑，也粒粒分明。但是，银河却深不见底，把人的视线也吸了进去。

"喂——喂——"岛村喊着驹子。

"喂——快来呀——"

驹子向银河低垂处，暗黑的山那边跑去。

好像提着下摆，随着手臂来回摆动，红衬衣的底襟便忽长忽短地时时露出来。从那星光辉映的雪地上，可以知道是红色的。

岛村拼命追上去。

驹子放慢脚步，松开下摆，拉着岛村的手说：

"你也去么？"

"去。"

"你真好事。"她提起拖在雪地上的下摆。

"人家要笑我的，你回去吧。"

"好吧，就到前面。"

"那多不好，去火场还带着你，叫村里人看着，成什么样子。"

　　岛村点点头站住了，可驹子仍轻轻抓着岛村的袖子，慢慢地又走起来。

　　"在什么地方等我一下吧。我马上就回来。哪儿好呢?"

　　"哪儿都行。"

　　"好吧，再过去一些。"驹子瞅着岛村的面孔，忽然摇摇头说:

　　"烦死我了。"

　　驹子的身子猛地撞了过来，岛村跟跄了一下。路旁的薄雪上，露出一排排大葱。

　　"太可恨啦。"驹子急急地找碴儿说，"你说过，我是个好女人，是吧?你走都要走了，为什么还说这种话?你倒是说呀!"

　　岛村想起驹子那时用簪子哧哧地扎着席子。

　　"当时我哭了，回去以后，又哭了一场。我真怕和你分手。不过，你还是快些走吧。给你说哭了，这事我可忘不了。"

　　一句话，造成一场误会，驹子竟会刻骨铭心，岛村回味之下，因惜别伤离在即，不免心痛如绞。突然火场上人声鼎沸。新冒出的火舌，喷出了很多火星。

　　"哎呀，火又大起来了，火苗蹿出那么高。"

　　两人这才松了口气，得救似的又跑了起来。

　　驹子跑得很快，木屐如飞，掠过冰冻的雪地。手臂与其说是前后摆动，还不如说是在两旁舒展着，上身憋足了劲。岛村心想，原来她身材竟这么小巧。岛村体格略胖，一面看着驹子的背影一面跑，很快便感到吃力了。驹子也一下子喘不过气来，跌跌撞撞地倒向岛村。

"眼睛冻得都要淌眼泪啦。"

脸颊发热，眼睛却是冰冷的。岛村的眼睑也湿润了。眨了眨，顿时泪眼模糊，银河满目。岛村极力忍住，不让泪花儿流下。

"天天晚上银河都是这样的么？"

"银河？真美呀！不会夜夜都如此吧？好晴的天呀。"

银河的光从两人跑来的身后，流泻到他们前面，驹子的面庞好似映在银河里。

可是，纤细而笔挺的鼻子，轮廓模糊，小巧的双唇，也失去了色泽。岛村不能相信，那横贯长空的光层，竟会这样幽暗。星光似比薄明的月亮更加淡薄，银河却比任何满月的夜空还要明亮。大地朦朦胧胧，阒无人影，驹子的脸像个旧面具似的浮现起来，散发出女性的芬芳，真是不可思议。

仰望长空，银河好似要拥抱大地，垂降下来。

银河犹如一大片极光，倾泻在岛村身上，使他感到仿佛站在地角天涯一般。虽然冷幽已极，却是惊人的明丽。

"你走了，我要正正经经地过日子了。"驹子说着又走起来，拿手拢了拢蓬松的发髻。走了五六步，回过头来。

"怎么啦？你真是的。"

岛村仍是站着不动。

"嗯？那就等我一下吧。待会儿一起去你房间吧。"

驹子招了招左手，便跑开了。她的背影，好像给吸进黑黝黝的山底。银河在峰峦起伏的尽头，展开她的裙裾，反过来，似乎又从那里向天空灿穿四射。山容益发显得黑沉沉的。

岛村开始走了起来，不久，街道的房子便遮住了驹子的身影。

传来一阵"嗨哟！嗨哟！嗨哟！"的吆喝声，看见有人拖着抽水机从街上过去。好像接连不断跑过很多人。岛村也赶忙走到大街上。两人来的小路，通到大街，正成一个丁字形。

又过来一台抽水机。岛村让开路，跟在后面跑着。

是台手压的老式木头抽水机。除了一队人拖着长长的绳索走在前面外，抽水机周围还围了一圈消防队员，抽水机却小得可怜。

驹子也闪在路旁，让抽水机先过去。看见岛村，便跟着一起跑。站在路边给抽水机让路的人，像给抽水机吸引过去似的，都跟在后面跑了起来。现在他们两人，不过是随着人群跑向火场罢了。

"你也来啦？真好事。"

"嗯。这抽水机靠不住吧？还是明治维新前的哩。"

"可不。别摔着。"

"好滑。"

"是呀。以后，整夜刮暴风雪时，你该来看一次。来不了吧？那时，山鸡啦，野兔啦，全躲到人家家里来。"驹子说得高兴起来，那声音杂在消防员的吆喝声和人们的脚步声里，显得又响亮又起劲。岛村也一身轻松起来。

已经听得见火焰噼噼啪啪的声音。眼前火势很猛。驹子抓着岛村的胳膊肘。街上又低又黑的屋顶，在火光的明灭中，时隐时现。水龙的水从路上流到脚下。岛村和驹子很自然地停住脚步，站在人墙后。火烧的焦味混合着煮蚕茧的臭气。

人群里到处在高声议论，说的事都大同小异。什么影片拷贝起的火啦，把看电影的孩子一个个从楼上扔下来啦，没有人受伤啦，幸好村里现在没把蚕茧和大米放在里面啦，等等。可是，面对烈火，大家只有沉默的份儿，不论远近都失去了主宰，唯有这一片寂静笼罩着火场。好似人人都在倾听着火声和抽水机声。

村里不时有人姗姗来迟，四处喊着亲人的名字。听到有人答应，互相便高兴得叫起来，只有这些声音，才是生气勃勃的。火警的钟声已经停了。

岛村怕引人注目，便悄悄离开驹子，站在一群孩子的后面。因为烟火烤人，孩子们向后退去。脚下的积雪松软了一些。而人墙前面的雪，因为火烤水浇已经融化，杂沓的脚印踩成一片泥泞。

茧仓旁正好是块田，和岛村一起跑来的村里人，大都站在田里。

火大概是在摆放映机的房门口烧起来的。茧仓的半边屋顶和墙壁已经烧掉，柱子和房梁还竖在那里冒烟。除了木板顶、墙板和地板之外，茧仓里空空的，所以里面的烟并不怎么大。屋顶上浇了很多水，看样子烧不起来了，但火还在蔓延，在意想不到的地方又会冒出火苗来。三台抽水机赶忙去浇，于是忽的一下，火星四溅，冒出一股浓烟。

火星溅落在银河里，岛村好像又给轻轻托上银河似的。黑烟冲向银河，而银河则飞流直下。水龙没有对准屋顶，喷出的水柱晃来晃去，变成一股白蒙蒙的烟雾，宛如映着银河的光芒。

驹子不知什么时候靠了过来，这时握住岛村的手。岛村转过头去看了一眼，没有作声。驹子神情专一，两颊绯红，只管望着火。火光起伏，在她脸上摇曳。一阵激情顿时涌上岛村的心头。驹子的发髻松了，伸着脖子。岛村倏地想伸过手去，但是指尖簌簌颤抖。他的手发热，驹子的手更烫。不知怎的，岛村感到别离已经近在眼前。

房门口的柱子还是别的什么火又烧了起来。水龙一齐喷射过去，屋脊和横梁嘶嘶冒着热气，随即坍塌下来。

突然，围看的人群"哎呀"一声，倒抽一口冷气，只见一个女人落了下来。

茧仓兼作戏园，二楼尽管徒具形式，却也设有座位。虽说是二层，其实很低，从楼上掉到地上，照理只是转瞬之间的事，但时间长得好像足以让人看清掉下来的姿势。也许那样子很怪，跟木偶似的。所以，一眼看去便知道，她已经不省人事了。掉在地上没有声音。地上是一汪水，所以，没有扬起尘土。人正落在新蔓延的火苗和余烬复燃的死火之间。

一条水龙对着余烬的火苗，喷出一道弧形的水柱。就在水柱前面，忽然现出一个女人的身体，便那么落了下来。她在空中是平躺着的，岛村顿时怔住了，但猝然之间，并没有感到危险和恐怖，简直像非现实世界里的幻影。僵直的身体从空中落下来，显得很柔软，但那姿势，如同木偶一样没有挣扎，没有生命，无拘无束的，似乎生死均已停滞。要说岛村闪过什么念头，便是担心女人平躺着的身体，会不会头朝下，或腰腿弯起来。看着像会这样，结果还是平着掉了下来。

"啊——！"

驹子突然尖叫一声，捂上眼睛。岛村的眼睛则一眨也不眨地凝视着。

掉下来的是叶子。岛村是在什么时候知道的呢？人群的惊呼和驹子的尖叫，实际上好像发生在同一瞬间。叶子的小腿在地上痉挛，也在那一瞬间。

驹子的尖叫，直刺岛村的心。看着叶子的小腿痉挛，岛村的脚尖也都跟着发凉，抽搐起来。在这令人难耐的惨痛和悲哀的打击下，他感到心头狂跳。

叶子的痉挛微乎其微，简直觉察不出来，而且马上便停住了。

在叶子痉挛之前，岛村先已看见她的脸庞和红色箭条花纹的衣服。叶子是仰面掉下来的，衣服的下摆一直翻到一条腿的膝盖上面。碰到地上，也只有小腿痉挛了一下，整个人仍是神志不清的样子。不知为什么，岛村压根儿没想到死上去，只感到叶子的内在生命在变形，正处于一个转折。

叶子掉下来的二楼看台上，接连又倒下两三根木头。在叶子的脸部上面燃烧起来。叶子闭上了那顾盼撩人的眼睛，翘着下巴，仰着脖子。火光在她苍白的脸上闪过。

岛村蓦地想起几年前，到这个温泉村与驹子来相会的途中，在火车上看到叶子的脸在窗上映着寒山灯火的情景，心头不禁又震颤起来。一刹那顷，仿佛照彻了他与驹子共同度过的岁月。那令人难耐的惨痛和悲哀，也正存乎其间。

驹子从岛村身旁冲了过去。这一举动和她突然惊叫、捂上眼睛，几乎就在同一瞬间，也正是人群"哎呀"一声，倒抽一口冷气的时刻。

烧得黑糊糊的灰烬浇了水，七零八落地掉了满地。驹子托着艺伎的长下摆，磕磕绊绊地跑了过去。她把叶子抱在胸前，想往回去，脸上现出用劲的样子。而叶子垂着头，脸上像临终时那样漠然，毫无表情。驹子如同抱着她的祭品或是对她的惩戒。

人墙开始溃散，你一言我一语，涌上去围住她俩。

"让开！请让开！"

岛村听见驹子的叫声。

"这孩子，疯了，她疯了！"

驹子发狂似的叫着，岛村想走近她。但被那些要从驹子手中接过叶子的男人家，挤得东倒西歪的。当他挺身站住脚跟时，抬眼一望，银河仿佛哗的一声，向岛村的心头倾泻下来。

（一九三五至一九四七年）

千只鹤

千只鹤

一

走进镰仓圆觉寺，甚至到了院内，菊治还在游移，究竟要不要进去参加茶会。时间倒是不早了。

每逢栗本千花子在圆觉寺后院茶室举办茶会，菊治照例总在邀请之列。可是，自从慈父见背，就一次也没来过。他觉得那不过是看着先父的情面罢了，所以，一直未加理会。

然而，这次请柬上却多一附笔，要他来会见一位小姐，是师从千花子学茶道的女弟子。

看着请柬，菊治忽然想起千花子身上那块痣来。

那是菊治八九岁时的事。父亲带他去千花子家，看到千花子坐在起坐间，正敞着胸脯，用小剪刀剪痣上的毛。那块痣长在左半个乳房上，直到心口窝那里，差不多有巴掌那么大小。紫黑色的痣上大概长着毛毛，千花子拿剪刀正在剪。

"呦！少爷也一起来了？"

千花子仿佛吃了一惊，一把掖上衣襟，也许转念一想，觉得慌里慌张地遮掩，更透着尴尬，便将两腿稍稍挪了过去，慢条斯理地把衣襟掖进腰带里。

看来不是看到父亲，恐怕是见了菊治才惊慌的。因为是女仆开的门，已经通报过了，她应该知道来的是菊治的父亲。

父亲没有进起坐间，径自到隔壁屋里坐下。那儿是客厅，兼作教授茶道的场所。

父亲打量着挂在壁龛里的字画，漫不经心地说：

"来盏茶吧。"

"嗳。"

嘴上答应着，千花子却没有马上站起身来。

菊治还看见她腿上铺着一张报纸，掉了一些毛，就像男人的胡须似的。

光天化日的，老鼠照旧在天花板上闹腾。靠近廊檐的地方，桃花已经绽开了。

千花子坐在炉边点茶时，依然有些神不守舍的样子。

过了十多天，菊治听见母亲仿佛揭穿什么惊人的秘密事儿，告诉父亲说，千花子因为胸口有块痣，才没嫁人。母亲以为父亲还不知情，似乎挺同情千花子，脸上显出怜惜的样子。

"哦，哦。"

父亲故作惊讶地随声附和：

"不过，叫丈夫看见了又怕什么？只要事先说明，肯娶她就行了。"

"我也是这么说。可是，'我心口上有一大块痣'，这话叫一个女人家哪儿说得出口呀！"

"她又不是什么小姑娘！"

"毕竟难开这个口呀。倒是你们男人家，结婚后给发现了，也许一笑了之。"

"这么说来，她让你看那块痣了？"

"哪儿的话。瞧你说的。"

"那她只是嘴上这么说说？"

"今儿来学点茶，随便闲聊……结果忍不住说了出来。"

父亲默不作声。

"结了婚，还不知男人要怎么想呢。"

"恐怕会嫌恶，觉得别扭吧。但也没准，把这隐私当成乐趣，感到好玩也难说。有这个短处，焉知没有别的长处？再说，这也不是什么大不了的毛病。"

"我也这么安慰她，说这算不得什么毛病。可她说，要命的是长在乳房上。"

"唔。"

"她说，一想到生孩子要喂奶，心里就顶不自在。即使做丈夫的无所谓，可是为了孩子……"

"难道乳房上长痣就没有奶水么？"

"倒也不是……她是说，喂奶时叫孩子看了，心里会不好过。我倒没想到那儿。可是一旦设身处地去想想，有这种顾虑也难免。孩子一生下来就要吃奶，等睁开眼睛能看东西，不就看到母亲乳房上那块痣么？孩子对世界的最初印象，不就是对母亲的最初印象，不就是乳房上那块难看的痣吗？——那印象之深，会缠着孩子一生的呀！"

"唔。其实，她何苦担这个心。"

"可不，要说喂牛奶，请奶妈，都行。"

"即使长痣，只要有奶，又有什么不可以的。"

"那可不行。当时听她这么说，我连眼泪都淌出来了。心里想，可不是！就说咱们菊治吧，我可不愿叫他吃那种长了痣的奶。"

"这倒是。"

见爸爸这样装聋作哑，菊治心里就有气。连我都看见千花子那块痣，他竟不把我放在眼里，所以不由得要恼恨爸爸了。

然而，事隔快二十年了，今天，回顾之下，想必父亲当时也窘得可以，菊治未尝不感到好笑。

再有，菊治长到十来岁，还常常想起母亲当时那番话，生怕有个异母弟妹会吃到那种长痣的奶。

他不仅怕异母弟妹出世，而且还怕吃了那种奶的孩子。菊治总觉得，一大块痣上长毛的奶，孩子吃了就会像恶煞一样可怕。

幸而千花子没有生孩子。往坏里想，或许是父亲不让她生，因为不愿意她生，大概拿母亲流泪，以及关于痣和孩子那番话作借口，劝阻了千花子的缘故？总之，父亲生前死后，千花子的确没生过孩子。

菊治同父亲一起看见那块痣后不久，千花子便上门向菊治的母亲吐露这桩隐私。她大概是想先发制人，赶在菊治告诉他娘之前，自己先说出来。

千花子也一直没结婚，难道真是那块痣决定了她的一生么？

话得说回来，在菊治心里，那块痣的印象也始终未能抹去，又很难说同他的命运没有瓜葛。

当千花子借茶会名义，请他去相亲时，菊治的眼前先自浮起那块痣。蓦地想到，千花子做的媒，难道会是个毫无瑕疵、玉肌冰肤的小姐么？

千花子胸脯上的那块痣，先父的手指难道就没有捏弄过么？谁能担保他没有咬过那块痣呢。菊治甚至这样胡思乱想过。

此刻，寺院的小山上，鸟声婉转，菊治一面走，脑际不禁掠过这些邪念。

菊治看见那块痣后的两三年，千花子似乎开始有些男性化，现在则完全变得不男不女了。

千花子此刻大概正在茶会上以爽快麻利的作风招待来客吧。她那长痣的乳房恐怕也已干瘪了。菊治想想就要笑，这时有两位小姐从他身后匆匆赶上来。

菊治闪在一旁让路，并问道：

"栗本女士的茶会，是顺这条路走到底吗？"

"是的。"

两位小姐同时答道。

不问自明，从她们的衣着打扮，便可推定，是上茶会去的。菊治是为叫自己决心去茶会，才这么问的。

真是美极了，那位拿绉绸包袱的小姐。桃红的绉绸上，绘着白鹤千只。

二

两位小姐进茶室之前，正在换布袜，这当口，菊治也到了。

从她们身后望去，房间似有八张席子大小，几乎挤得腿挨着腿。好像尽是些穿红着绿的人。

千花子眼尖，一眼就看见菊治，惊喜地起身过来说：

"哟，请进，稀客。承蒙光临。就从那儿上来吧，不要紧的。"

说着，一面指着靠近壁龛的纸拉门。

屋里的女客，好像一齐转过头来。菊治脸红起来，说：

"全是女客吗?"

"是的。也有男宾来，不过都回去了。你现在是万绿丛中一点红哩。"

"红我可不敢当。"

"菊治少爷有资格当'红'，没错儿。"

菊治摆了摆手，表示要从另一扇门绕进来。

那位小姐正把穿了一路的布袜塞进千只鹤包袱里，这时便彬彬有礼地直起身子，给菊治让路。

菊治走进隔壁房间。点心盒子，茶具箱子，以及客人的物品，放得到处都是。后面水房里，女佣正在洗刷。

千花子走了进来，在菊治面前屈膝坐下。

"怎么样？那位小姐不错吧?"

"是拿千只鹤包袱的那位么?"

"包袱？我倒不知道，就是现在站在那边最漂亮的一位。是稻村先生的千金。"

菊治不置可否地点了点头。

"什么包袱的，真怪，你竟注意到这上头去，我可大意不得了。我正纳闷，以为你们一道来的呐，真没料到，你竟这么殷勤周到。"

"别胡说。"

"路上相遇，也是缘分。再说稻村先生也认识令尊。"

"是吗?"

"她家原先在横滨开生丝行。今儿个的事，我没告诉她本人，你尽管放心，好生瞧瞧。"

千花子的声音不低，只隔一道纸门，菊治担心茶室里也听得见，正在为难之际，千花子忽然把脸凑了过来：

"不过，有件事倒叫人挺难办的。"

说着，放低了声音：

"太田的太太来了。她女儿也跟她一起来了。"

她觑着菊治的脸色，接着说：

"我今儿个并没请她……可是，像这种茶会，随便什么过路人都能进来，方才就有两伙美国人顺便进来坐了坐。你别介意。她们听说这儿有茶会，来了也没法子。不过，你的事，她们当然不会知道。"

"今儿个我本来也……"

菊治原想说自己并没打算来相亲，可是喉咙里似乎发哽，没有说出口。

"该难为情的，是太田太太，你只要装作若无其事就行了。"

听千花子这么说，菊治不禁有些恼火。

栗本千花子跟父亲的关系，好像不太深，也不很久。直到父亲死前，千花子常到家里来走动，是个很得力的女人。不仅在有茶会的日子，即使平时来做客，也总下厨帮忙。

自从她有些男性化之后，母亲再要嫉妒她，只能令人苦笑，感到滑稽。后来，母亲准猜到父亲看到过千花子那块痣。可是那时，事情早已风流云散，千花子像没事人似的，轻松自若地不离母亲的左右。

菊治也不知从什么时候起，对千花子态度很轻慢，仿佛只有任着性儿顶撞她，才能冲淡令他幼时苦闷不已的嫌恶感。

千花子变得男性化，以及成了菊治家的得力帮手，或许都出于她的处世之道。

靠着菊治家，千花子作为茶道师傅，已经小有名气。

父亲去世后，菊治每当想起千花子平生只跟父亲白白相好过一阵，而后便把自己的女性本能扼杀以尽，对她便不由得生起一缕淡淡的同情。

母亲之所以不怎么怨恨千花子，一方面也是因为隔着太田夫人，给牵扯住了。

菊治的父亲跟太田是茶友。太田死后，菊治的父亲因负责处理太田那些茶道用具，一来二去，便同他的未亡人亲近起来。

最先给母亲通风报信的，正是千花子。

不用说，千花子是帮母亲的。简直有些过分。父亲到哪里，她跟到哪里，而且时时去未亡人家里数落一通，仿佛是她自己妒火中烧似的。

母亲生性腼腆，见千花子多管闲事，几乎要闹得满城风雨，怕面子上不好看，简直给吓坏了。

即使当着菊治的面，她也向母亲破口大骂太田夫人。母亲不以为然，她却说，也该让菊治听听。

"上次我去她家，狠狠训了她一通。大概叫她孩子偷听了去。忽然听见隔壁房里有人抽抽搭搭哭起来。"

"是女孩儿么？"

母亲问道，皱起了眉头。

"嗯。听说有十二了。太田太太这人，大概有点缺心眼。我还以为她会把孩子骂一顿呢，谁知竟特意去把孩子抱过来，搂在怀里，坐在我面前，娘儿俩哭给我瞧呢。"

"那孩子也怪可怜的。"

"所以呀，不妨把气出在她孩子身上。因为孩子对她妈的所作所为，是一清二楚的。不过，那孩子倒长个圆脸，蛮讨人喜欢的。"

说着，千花子看了看菊治说：

"其实，菊治少爷也可以劝劝老爷嘛。"

"请你别这么搬弄是非。"终于连母亲也忍不住要责备她。

"太太，您把这些事，都窝在心里可不成。狠狠心把它全抖搂出来才好呢。太太您这么瘦，可人家却白白胖胖。尽管缺个心眼，她倒以为，装个老实巴交的样，哭上一通，就没事儿了似的……再说，就在她接待老爷的那间客厅里，正经八百地挂上她那死鬼丈夫的照片。哪想到，老爷竟能一声不吭。"

太田夫人先前给千花子说得如此不堪，在菊治父亲死后，居然还带着女儿来参加千花子主持的茶会。

菊治不觉打了个寒噤。

即便如千花子所说，今天没请太田夫人，看样子，父亲死后，千花子和太田夫人之间，一直是有来往的，菊治不免感到意外。或许她让女儿也一起来学茶道。

"要是你不乐意，我就请太田夫人先回去，好不好?"

说着，千花子看了一下菊治的眼色。

"我倒不在乎。要是她自己想回去，那就请便。"

"她要是有这点机灵劲儿，你爸你妈就不至于那么伤脑筋了。"

"她那位千金也一起来了吗?"

菊治没见过太田寡妇的女儿。

他觉得有太田夫人在场，跟那位拿千只鹤包袱的小姐相见不大相宜。而且，更不愿意在这个场合初次见太田小姐。

但是，千花子的声音在耳边絮絮不休，弄得菊治心烦意乱。

"总之，我来她们都知道了，要躲也躲不掉了。"说着便站了起来。

他从靠近壁龛的那边走进茶室，在门首的上座那里坐下。

千花子随后跟了过来，郑重其事地把菊治介绍给大家：

"这位是三谷少爷。三谷先生的令郎。"

菊治跟着又施了一礼，一抬头清清楚楚看见了各位小姐。

菊治似乎有点局促。眼前是一片艳妆丽服，起初连一张面孔都没看清。

等定下神来，菊治才发现，自己正坐在太田夫人的对面。

"啊！"

夫人不觉叫了一声。在座的全听见了，那声音十分真率，十分含情。接着她说：

"好久不见，真是久违啦！"

随后轻轻拉了拉身旁女儿的袖子，示意她赶紧打个招呼。小姐似乎有些窘，涨红了脸，低下头去。

菊治颇感意外。夫人的态度里，看不出有丝毫的敌意恶感，倒反显得情亲意密。同菊治不期而遇，她仿佛异常兴奋，甚至当着众人的面，都有点忘乎所以。

女儿始终低垂着头。

及至夫人意识到这情形，两颊也不由得飞红起来。她像要挨近菊治，看他的眼神里，似有千言万语。她说：

"您还在学茶道么？"

"不，一直没学。"

"是吗？府上可是茶道世家呀。"

夫人似乎有些感伤，眼睛竟湿润起来。

自从父亲的丧礼以后，菊治就没见过太田夫人。

跟四年前相比，她几乎没怎么变样。

依旧是白皙修长的颈项，不大相称的圆肩膀，身腰显得比年纪轻。同眼睛相比，鼻子和嘴巴十分小巧。小小的鼻子，细看之下，模样周正，娇媚可爱。说起话来，下唇常常上翘。

女儿秉承乃母的血统，也是修颈圆肩。嘴比母亲的大，抿得紧紧的。跟女儿一比，母亲的嘴巴简直小得有些可笑了。

小姐的一双眸子，比母亲的还要黑亮，带着几分悲哀。

千花子看了看炉里的炭火说：

"稻村小姐，敬三谷少爷一杯好不好？你还没点过茶吧？"

"好的。"

说罢，拿千只鹤包袱的小姐，便起身走了过去。

菊治知道，稻村小姐就坐在太田夫人的侧手边。

但是，既然太田母女在面前，便尽量不去看稻村小姐。

千花子请稻村小姐点茶，大概是有意让菊治看个仔细。

小姐在茶釜跟前，回头问千花子：

"用哪只茶碗呢？"

"哦，对了，就用那只织部瓷的吧。"千花子说，"三谷少爷的父亲就喜欢用这只茶碗，这还是他送我作纪念的。"

现在放在小姐面前的那只茶碗，菊治依稀还认得。父亲倒确实用过，可那是从太田的遗孀手里转承来的。

亡夫珍爱的遗物，由菊治的父亲转到千花子手里，今天又出现在这个茶会上，太田夫人看了，会作何感想呢？

菊治很惊讶，千花子竟如此迟钝。

要说迟钝，太田夫人又何尝不迟钝呢？

正在点茶的小姐，跟在情天欲海中颠簸过来的中年女子一比，其清秀娟媚的丰神，真使菊治感到美不可言。

三

千花子想让菊治好好端详拿千只鹤包袱的小姐，她这份心思，恐怕小姐本人还不知道。

她落落大方地点茶，亲自端到菊治面前。

菊治饮毕，看了看茶碗。这是只黑色织部瓷碗，在正面的白釉上，绘有黑色嫩蕨菜花样。

"还认得吧？"千花子劈面问道。

"唔。"

菊治含糊其词地应了一声，放下茶碗。

"那蕨菜的嫩芽，最有山村野趣。早春时节，使这碗顶合适，令尊当年就用过。这个时节拿出来用，虽然有点过时，可是给菊治少爷用倒正合其人。"

"哪里，在家父手上也只留了很短一段时间。就茶碗本身的历史来说，根本算不上一回事。这只茶碗，是桃山时代由千利休①传下来的吧？几百年间，有许多茶道家珍重相传，家父又算得了什么！"

菊治这么说，是想忘怀这只茶碗的种种因缘。

这茶碗由太田传给他夫人，又由他夫人转给菊治的父亲，再从菊治父亲那里转到千花子手中。而今，太田和菊治的父亲这两个男人都已经作古，太田夫人和千花子这两个女人却凑到了一起。因缘时会，这只茶碗的命运也是够稀罕的了。

现在，这只古色古香的茶碗，依然给太田夫人、太田小姐、千花子、稻村小姐，以及其他闺秀，用唇去碰，拿手去摸。

"让我也用这只碗喝一杯吧，方才用的是另一只碗。"太田夫人不无突兀地说。

菊治不由得感到惊讶。是她过于迟钝呢，抑或是不知羞耻？

太田小姐低着头，目不斜视，菊治觉得她楚楚可怜，简直

---

①　千利休（1522—1591），即千宗易，利休是其号。日本安土桃山时代（1573—1600）的茶道家，千家派茶道之始祖。

不忍心看她一眼。

稻村小姐遵嘱又给太田夫人点了次茶。在座的人，都注视着她。想必小姐还不知道这只织部瓷碗的来历，只是照学来的规矩点去。

她的点茶手法朴素，没有瑕疵。从上身到膝盖，姿势正确，气度高雅。

新叶的影子，婆娑在她身后的纸格子门上，辉映在华丽的和服上，仿佛肩背和衣袖都反射出柔和的光彩，连一头秀发也乌黑发亮。

以茶室而论，这间屋似嫌明亮一点，但小姐经这样一烘托，更加青春焕发。适合少女用的小红茶巾，非但不俗气，反而给人以娇艳明丽之感。小姐的纤纤素手，恰如一朵盛开的红花。

在她周围，仿佛有千百只白色的小鹤在不停飞舞。

太田夫人把织部茶碗托在手心上说：

"黑碗绿茶，就像春天发绿意似的。"只差没说出，这碗曾是她亡夫之物。

接着，照例是参观茶具。那些年轻小姐不大清楚这些器具的用途，大抵是听千花子的讲解。

水罐和茶勺原先都是菊治父亲的东西，但千花子和菊治谁都没提。

菊治望着小姐们起身回去，一面坐了下来。这时太田夫人凑近身旁。

“方才真对不起。我想，你大概生气了。可是，我一见到你，就觉得分外亲切……”

“唔。”

“你都长得一表人才了。”

夫人的眼里，险些涌出泪水。

“对了，令堂也……本想去吊丧，结果没敢去。”

菊治露出不悦的神情。

“令尊令堂相继过世……想必挺孤单的吧?”

“唔。”

“还不走么?”

“嗯，再等会儿。”

“等几时有空，有些事想告诉你。”

千花子在隔壁喊道：

“菊治少爷!”

太田夫人不胜依恋地站了起来。小姐早已等在院子里。

小姐随着母亲一起向菊治鞠了一躬，走了。那眼神似乎有所倾诉。

隔壁房里，千花子正同两三个亲近的弟子和女仆在收拾东西。

“太田太太跟你说了什么?”

"没说什么……没什么。"

"对她可得留三分心。表面上装得挺老实，摆出一副无辜的样子，她心里想什么，你可猜不着。"

"不过，她不是常来参加你的茶会么？从什么时候开始的?"
菊治含讥带讽地说了一句。

宛如要逃出这毒氛妖雾似的，他朝门口走去。

千花子跟在身后说：

"怎么样？那位小姐还不错吧?"

"嗯，挺好。要是在没有你，没有太田夫人，没有父亲阴魂纠缠的地方见到她，我想会更好。"

"何苦那么多心！太田太太跟稻村小姐根本没什么瓜葛。"

"我只觉得对不起那位小姐。"

"有什么对不起的。假使太田太太来了，你觉得不高兴，我就给你赔个不是。其实今儿个并没请她。稻村小姐的事，你就再考虑考虑吧。"

"好吧，今天就此告辞了。"

菊治停下脚步说。因为边走边说，千花子总是跟随不舍。

只剩菊治一人时，看见前面山脚下含苞待放的杜鹃花，便深深吸了一口气。

就凭千花子一封信，便给引来了。他对自己感到嫌恶，但是，拿千只鹤包袱的小姐，给他留下了鲜明清丽的印象。

茶会上看到父亲的两个相好，而不觉得怎么抑郁，或许是叨了那小姐的光。

然而，一想到那两个女人倒活着，还能议论父亲，而母亲却已故世，菊治心里不禁愤愤然，眼前同时浮现出千花子胸脯上那块丑痣。

晚风从新绿的树叶间吹来，菊治反摘下帽子，慢慢走去。

他远远看见太田夫人站在山门背后。

菊治突然想绕道躲开，便朝四周看了一下。左右两边各有小山，只要登山而行，就可以不经过山门。

可是，菊治仍朝山门走去，似乎板着一副面孔。

太田夫人一见菊治，反而迎了上来，脸上飞红。

"想再见你一面，所以才在这儿等来着。兴许你会觉得我不顾脸面，可是，要是就那么分手，我有点不甘心……再说，这一分手，又不知几时才能见面。"

"令爱呢?"

"文子已经先回去了，跟她朋友一起。"

"那么，令爱知道你在等我啰?"菊治问。

"是的。"

夫人看着菊治的脸，答道。

"这么说来，她没有不高兴? 方才茶会上，她好像不大乐意见到我，真是抱歉。"

菊治这番话，听来很委婉，其实有些露骨，但夫人却坦然说：

"那孩子见到你，心里准会不好过的。"

"大概是家父使她难堪的缘故。"

菊治本想说，就像自己因为她太田夫人的事，而深感痛苦一样。

"其实并非如此，令尊倒一直挺疼文子的。这些事，等几时得便再慢慢告诉你。起初，就是令尊待她好，她也一点不跟令尊亲近。到战争快打完那阵子，空袭越来越厉害，也不知她怎么想的，完全变了个样儿。对令尊，她有一份心思，总想出点力尽点心。一个女孩儿家，要说尽点心意，无非是买个鸡啦，弄个小菜什么的。她不顾危险，想方设法去买了来。甚至在空袭的时候，到老远的地方去弄来……她这种突然转变，连令尊也觉得意外。看到女儿变了一个人似的，我又难过又心疼；而且觉得自己像受了埋怨，心酸得很。"

直到这时，菊治才恍然大悟，原来母亲和自己都受过小姐的恩惠。那时候，父亲偶尔会出人意料，带些礼物回家，照此说来，竟是太田小姐采购的。

"我女儿这种突如其来的变化，我也闹不明白，敢情是她想，生死难测，觉得我可怜，才不顾性命，想法儿好好待我跟令尊。"

当时战事败局已定，文子眼见自己的母亲忘乎所以，一味沉溺于同菊治父亲的情爱之中。现实生活一天天严酷起来，于是抛开有关亡父的种种过去，来照拂现实中的母亲。

"文子手上的戒指，方才你留意到了么？"

"没有。"

"那是令尊送她的。有一天令尊来时，正好碰上拉警报，便赶着要回家去。文子硬要送他，怎么劝也不听。我怕她一个人回来路上有危险，就嘱咐令尊，送到家后，要是不便回来，就在府上住一宿也行。可我心里直惦记着，生怕两人都死在路上。文子第二天早晨才回来，一问才知道，她送到府上的大门口便折回来了，半路上在防空壕里待了个通宵。下一次令尊来，便送了那只戒指，说：文子，上次多亏你了。那孩子怕你看见那戒指，大概是害羞。"

菊治越听越嫌恶。但奇怪的是，心里又觉得她们是值得同情的。

对这位夫人，菊治倒并不有意憎恨或加以提防，她自有本事使人硬不下心来。

文子之所以那么尽心服侍，也许是看母亲可怜，于心不忍的缘故？

菊治觉得，太田夫人尽管是讲女儿过去的事，其实在谈她自己的感情。

　　她大概想把心里话全倾诉出来，但对谈话的对方，说得过分些，她简直不辨究竟是菊治的父亲还是菊治了。跟菊治说话，那劲头就像跟菊治的父亲说话一样，十分亲昵。

　　先前，菊治跟母亲在一起时，对太田夫人所抱的敌意，虽然还没完全消解，却已大为减淡。一不留神，甚至觉得自己就是这女人所爱的父亲。不知不觉间，有种错觉，以为早就同这女人很亲密似的。

　　菊治知道，父亲很快就和千花子撇开了手，可是同这个女人却情好勿衰，至死不渝。他猜想，千花子少不了会欺侮她，于是心里也闪出一个多少带点残忍的念头，禁不住想随便捉弄她一下。

　　"你常去栗本的茶会？从前她不是老欺侮你吗？"菊治说。

　　"不错，不过令尊过世后，她来信说，挺想念令尊，觉得很寂寞，所以我才去的。"说完，便低下头去。

　　"令爱也一起去吗？"

　　"文子大概是勉强跟我去的。"

　　穿过铁轨，走过北镰仓车站，他们又朝与圆觉寺相反方向的山边走去。

四

　　太田的未亡人，少说也该有四十五六了，差不多比菊治大上二十来岁。可是，菊治浑然忘了她已上了年纪，仿佛拥抱一个比自己还年轻的女人。

夫人凭她的经验，让菊治也领略到了那份快乐。菊治丝毫不觉得自己是个初出茅庐的单身汉，有什么畏缩之感。

只觉得自己好像初次认识女人，也懂得了男人。他对自己觉醒而为男人，感到惊讶。菊治从来也不知道，女人处于被动，会有这般温柔妩媚，顺从迷人，简直温馨得令人陶醉。

菊治还是独身，在事情过后，常常有种厌恶的感觉，可是就在最该诅咒的此刻，他却觉得心醇意畅。

每逢这种时候，菊治总是冷冷地想一走了事，可这一次，竟然混淘淘任其亲热，任其依偎，这好像还是破题儿第一遭。他不知道，女人的热潮会随之上来。在热潮的间歇中，菊治觉得自己俨然像个征服者，不胜慵懒，由着奴隶给洗脚似的那么惬意。

另外，还感受到一种母爱。菊治缩着脖子说：

"栗本这里有一大块痣，你知道吗？"

他忽然觉得说了句不该说的话，也许是头脑一松，没有管住自己的缘故。但他不认为这话对千花子有什么不好。

"长在乳房上，就在这里，像这样……"说着，菊治伸出手去。

菊治心里想到这个念头，便说了出来。像在跟自己作对，又像要伤害对方，也不免有些难为情。他之所以想看看那块地方，或许正是想借以掩饰那种美滋滋的羞涩之情也难说。

"讨厌，怪恶心的。"

夫人说着轻轻合上衣领。陡然之间大概还没回过味来，慢条斯理地说：

"这我倒是头一次听说，穿着衣服，里边哪看得见？"

"不会看不见的。"

"哟，那是怎么回事？"

"你瞧，在这儿不就看见了吗？"

"你这人，多讨厌呐。以为我也有痣，才要看，是么？"

"那倒不是。不过，要有的话，在这种时候，你心里怎么想？"

"在这儿吗？"

说着，夫人看了看自己的胸脯，又说：

"你干吗提这个呢？管它！"

夫人无动于衷地说。菊治使坏，看来对夫人没有生效，可他却更起劲了。

"不管可不行。那块痣，我八九岁时，虽然只见过一次，可是至今脑子里还有印象。"

"那为什么？"

"因为那块痣，也连累到你呀。栗本不是佯装替母亲和我打抱不平，到府上狠狠数落过你吗？”

夫人点了点头，便轻轻抽开身子。菊治却用力又把她拉过来，接着说道：

“我想，她那时准是老惦着自己胸脯上那块痣，心眼才越变越坏。”

“哎呀，你说的多可怕。”

“也许她存下心，在我父亲身上多少报复了一下。”

“报复什么？”

“为了那块痣，她总觉得低人三分，见弃于我父亲。”

“别再说痣的事了，听了叫人恶心。”

看来太田夫人压根儿不愿去想象那块痣。

“时至今日，栗本大概对那块痣已经不在意了。那种烦恼也成为过去了。”

“成为过去，难道就会了无痕迹吗？”

“过去了的，有时倒叫人怪想念的。”

夫人似乎有些心神恍惚地说。

只有一件事，菊治本来没打算说，结果还是说了出来。

“方才茶会上，坐在你旁边的那位小姐——”

“哦，是雪子。是稻村家的千金吧。”

“栗本为了让我看看她，才邀我来的。”

“哟！”

夫人睁圆那对大眼睛，死死盯着菊治。

"是相亲吗？我可一点没察觉。"

"不是相亲。"

"原来是这么回事呀？相完了亲回来……"

夫人流出的泪水，一直淌到枕上，肩膀也在颤动。

"多不好。这多不好！为什么不告诉我？"

夫人把脸埋在枕上，哭了起来。

这倒出乎菊治的意外。

"不论是相亲回来也罢，不是也罢，要说不好，确实不好。不过，那同这没关系。"

菊治口上这么说，心里也的确这么想。

顿时，稻村小姐点茶的身姿，浮现在菊治的脑海里。仿佛还看见那只桃红色的千只鹤包袱。

这样一想，对挨在一旁抽抽噎噎的夫人，连身子都觉得可厌。

"啊，太不好了！我这人真是造孽，要不得呀！"

说完，她浑圆的肩膀又颤动起来。

菊治倘生悔心，准是因为觉得丑恶的缘故。相亲这回事姑且勿论，她毕竟是父亲的女人呀！

然而，直到此刻，菊治既没后悔，也不觉得丑恶。

菊治也莫名其妙，怎么会跟夫人做出这种事来。一切都来得那么自然。照夫人刚才的话来看，也许她后悔不该引诱菊治。可是，恐怕她压根儿就没想到要诱惑他，菊治自己也不觉得是受了蛊惑。再从情绪上说，菊治没有丝毫的抵触，夫人也一点没有撑拒。简直可说，道德观念根本就没发生作用。

两人走进圆觉寺对山上的一家旅馆，一起吃了晚饭。因为关于菊治父亲的事，还没有说完。菊治并不是非听不可，一本正经听她宣课，本来就挺滑稽，但是，太田夫人似乎没想到这一层，只是不胜眷恋地一味说下去。菊治听着，安闲恬适，感到她的一番好意，沉浸在柔情蜜意之中。

菊治仿佛咂摸到父亲曾经尝到的那种幸福。

要说不该，委实也不该。既然错过摆脱夫人的机会，又何妨在心甜意洽之际，同结体肤之谊？

然而，菊治心头像蒙了一层阴翳，正是为了一吐那股郁闷之气，才说出千花子和稻村小姐的事也未可知。

想不到他的话，效力如此之大。后悔起来，反显得丑恶不堪，而且还存心出言伤人，菊治不由得对自己一发嫌恶起来。

“就忘掉这回事吧，这没什么。”夫人说，“这种事，算不了什么。”

“你是因为想起我父亲的缘故吧？”

“啊？”

夫人一惊，仰起脸来。方才伏在枕上哭得眼皮都红了，眼白也有些红。菊治看出她那睁大的眸子里，还残留着一丝女人的倦怠。

"你要这么说，我也没法儿。我是个可怜的女人，是不？"

"胡说。"

说着，菊治一把拉开她的衣襟。

"要是有颗痣，就忘不了，留个印象……"

菊治对自己的话感到吃惊。

"别这样。别这么个瞧法，我已经不年轻了。"

菊治露出牙来，凑了过去。

夫人方才那种热潮又来了。

菊治安然入睡了。

睡意蒙眬之中，听见小鸟啁啾。在鸟声婉转中醒来，菊治觉得似乎还是第一次。

宛如晨雾润泽绿树一般，菊治的脑筋仿佛也给洗涤过了似的，无思无虑。

夫人背对菊治而眠。不知什么工夫翻过身来。菊治笑意盈盈，支起一只胳膊，在薄明微暗中，凝视着夫人的面庞。

五

茶会之后半个来月，太田小姐登门来访菊治。

菊治把她让进客厅，为了镇定一下自己慌乱的情绪，便亲自去开酒柜，取些西点放在盘里。心里猜不出，小姐是两个人来的，抑或夫人因为不好意思进来，还在门口等着？

菊治刚打开客厅门，小姐便从椅上站了起来。只见她低着头，下唇紧紧抿着，稍稍噘起。

"让你久等了。"

菊治从小姐身后走过去，打开朝院子的玻璃门。

经过她身后时，隐隐闻到花瓶里白牡丹的香味。小姐的肩膀丰腴圆润，稍向前挺。

"请坐。"

说着，菊治自己便先坐到椅上，镇静得出奇。因为在小姐身上，看到了她母亲的面影。

"突然跑来打扰，真对不起。"小姐依然低着头说。

"哪里哪里。难为你能找到这里。"

"哎。"

菊治想了起来。空袭的时候，小姐曾陪伴他父亲，送到门口。在圆觉寺那天，夫人告诉过他。

菊治想提这事，却又忍住了。只是望着小姐。

于是，太田夫人温馨可人之处，如同滚水一般，又在心里翻腾上来。菊治记起夫人对什么都那么柔顺宽宥，便也安然起来。

因为这种安然之感，所以才对小姐好像放松了戒心。不过，他没法正脸看她。

"我……"

小姐顿住了话头，扬起脸来。

"我是为母亲的事，来求您的。"

菊治屏了一口气。

"希望您能原谅我母亲。"

"什么？原谅？"

菊治反问了一句，想必连他的事，夫人也吐露给女儿了。

"想说请求原谅，恐怕倒应该是我。"

"令尊的事，也得请您原谅。"

"即使是家父的事，如果请求原谅的话，不也应该是家父吗？家母现在已经过世了，要原谅，谁来原谅呢？"

"令尊故世得早，我想也是因为我母亲的缘故。还有，令堂也是……这些话，我全同母亲说过。"

"那你真是太过虑了。你母亲也很可怜。"

"要是我母亲先死就好了。"

看上去小姐简直羞愧得无地自容的样子。

菊治察觉小姐在暗指夫人同自己的事。这件事不知让小姐有多羞耻和伤心呢。

"请您原谅我母亲吧。"

小姐仍一味恳求。

"原谅也罢，不原谅也罢，总之，我是很感激你母亲的。"

菊治说得很斩截。

"是母亲不好。她这人太糟糕了，您就甭管她，甭再理她。"

小姐急口说着，声音都有点发颤。

"我求您了。"

小姐说的原谅，言下之意，菊治当然明白。其中也含有不要再理睬她母亲的意思。

"请您也不要再打电话来……"

小姐说着说着，脸上飞起一片红晕。似乎为了压下羞恶之心，反而抬起头来，看着菊治，眼里噙着泪水。一双睁大的黑眸子，没有丝毫恶意，像在拼命哀求。

"我全明白了。真对不起。"菊治说。

"拜托您了。"

小姐越发羞红了脸，连白皙修长的颈项也都泛起红色。也许为了把修长的颈项衬托得格外美，西装领上还镶了一道白边。

"您打电话来约我母亲，她没有践约，是我给拦住了。她非要去不可，我死死抱住没放她去。"

小姐稍微透了口气，声音又转和缓。

菊治打电话去约太田夫人，是那次之后的第三天。夫人的声音透着高兴，可是，却没有到约定的咖啡馆来。

菊治只打过那么一次电话，后来也一直没见过面。

"过后，虽然觉得母亲可怜，当时却只觉得可耻，拼命拦她。于是母亲说，'文子，那你就给我回掉吧。'我走到电话机前，怎么也说不出话来。母亲呆呆地看着电话机，扑簌簌直掉泪。以为您好像就在电话机那儿呢。母亲就是那种人。"

两人默然有顷，然后菊治说：

"那天茶会之后，你母亲等我的时候，你为什么先自回去呢？"

"我想叫您知道，母亲她并不是那种坏人。"

"她一点也不坏啊。"

小姐低垂目光。小鼻子形状周正，下唇显得有些噘起，优美的圆脸，长得很像母亲。

"我早就听说，你母亲有你这位女儿，曾经想来着，跟你谈谈家父的事。"

小姐点了点头。

"有时我也有那种想法。"

菊治心下想，要是跟太田夫人之间什么事也没有，能同这位小姐不拘形迹地谈谈父亲的事该多好。

但是，菊治打心眼里原谅了太田的未亡人，原谅了父亲跟她的事，之所以这么宽容，也是因为他同这位未亡人之间，不是什么关系也没有的缘故。这岂非怪事？

小姐大概发觉坐久了，赶忙站了起来。

菊治送她出去。

"几时有机会，能同你谈谈家父的事，再谈谈你母亲的好品性，那该多好。"

菊治虽然是信口说来，但另一方面也真是这么认为。

"可不。不过，不久就要结婚了吧?"

"我吗?"

"嗯。听我母亲这么说来着。她说您已经跟稻村雪子小姐相过亲了……"

"没有的事。"

一出大门，便是下坡。半山坡峰回路转，蜿蜒曲折。回首望去，只看得见菊治家院子里的树梢。

听了小姐的话，菊治眼前蓦地浮现出千只鹤小姐的身影；这时，文子正停步向菊治告别。

菊治和小姐相反，向上坡走去。

林中落日

一

菊治在公司里还没下班，千花子便打来了电话。

"今儿个你直接回家吗?"

本来要回家的，可是菊治神情不悦地说：

"没一定哪。"

"为了你父亲，今儿就回家吧。你父亲往年在今儿都要举办茶会，可不是？一想起来，我就待不住了。"

菊治默不作声。

"你家茶室，喂喂，你家茶室，我在打扫的时候，忽然想做几个菜。"

"你在什么地方？"

"府上，我已经到了府上了。对不起，事先没跟你打个招呼。"

这倒真是出乎菊治的意外。

"一想起今儿这日子，我就怎么也待不住了。我想，要是能让我扫一下茶室，没准儿心里能松快些。当然事先该打个电话才好，可我准知道你不会答应。"

父亲死后，茶室就没用了。

母亲在世的时候，好像还常常进去，独自个儿坐在里边。不过，不生炉子，只是提一壶开水进去。菊治不愿意母亲进茶室，不放心她冷冷清清地坐在里面，不知想些什么。

菊治虽然很想看看母亲孤单一人待在茶室里的样子，可终究没进去看过。

然而，在父亲生前，进茶室帮忙的，却是千花子。母亲那时难得去茶室。

母亲死后，茶室便一直关着。只有父亲在世时就来帮工的一个老女佣，一年里给打开几次，通通风罢了。

"有多久没扫了？这席子不管怎么擦，都有股霉味，真没治。"

千花子越说越肆无忌惮。

"我扫着扫着，就想起要做几个菜来。一时心血来潮，菜料也不全，不过也稍稍打点好几样。所以，想请你下了班，马上回家。"

"哦，你这人真是。"

"光你一个人，可能太冷清些，公司里的同事，请上三四位来，你看好不好？"

"恐怕不行。没人懂茶道。"

"不懂倒更好，因为准备得挺马虎，就随便请几位来吧。"

"那不行。"

菊治直截了当地回绝。

"不行？真扫兴。那怎么办呢？请谁来好呢？你父亲的茶友——怎么好请呢。要不，就叫稻村小姐来，好吗？"

"别开玩笑了，算了吧。"

"怎么啦？不挺好吗？那件事，他们那边倒挺有意思，你再仔仔细细打量一回，跟她好好聊聊不好？今天约她一下试试看，她倘若来，那就是小姐那边成了。"

"讨厌，这种事。"

菊治心里难过起来，说道：

"算了吧，我不回家。"

"什么？好吧，这事电话里不便谈，回头再说吧。反正，就这件事，请你早点回来。"

"什么这件事，我不管。"

"得了得了，算我多管闲事。"

说着，耳机里便传来千花子那股凌人的盛气。

菊治不由想起千花子半边乳房上的那块大痣。

他仿佛听见千花子打扫茶室的扫帚声，扫帚就像扫过自己的脑海一样；又像擦走廊的抹布在揩自己的脑壳。

尽管菊治对她早就感到嫌恶，可是，她竟然趁菊治不在家，跑进屋里，擅自做起菜来，也真是件怪事。

要说是为了祭奠父亲，打扫一下茶室，甚至插几枝花就回去，倒也情有可原。

然而，就在菊治心头火起，一片嫌恶之中，稻村小姐的倩影，好似一道霞光，闪烁发亮。

父亲死后，同千花子自然而然就疏远起来，可是她现在难道是想拿稻村小姐做幌子，与菊治重新修好，攀缠不成？

千花子的电话，照例有些滑稽，叫人哭笑不得，失去戒心，同时又咄咄逼人，强人所难。

菊治自忖，之所以觉得语带强制，是因为自己授人以柄。既然自己有弱点，感到心虚，对千花子擅自打来电话，也就不能发火。

难道千花子是因为抓住了菊治的弱点，才这么得寸进尺的么？

菊治一下班，便从公司到银座去，走进一家小酒吧。

他不得不乖乖按照千花子的吩咐回家，对自己的弱点，感到格外苦闷。

从圆觉寺的茶会出来，没想到竟同太田夫人在北镰仓的旅馆里投宿一宵，这事千花子不见得会知道。从那之后，她见过太田夫人么？

从电话里那种咄咄逼人的腔调来看，菊治疑心未必就是千花子厚脸皮的缘故。

但也说不定千花子以她惯常的作风，在撮合菊治跟稻村小姐的婚事。

菊治在酒吧里，依然心神不属，便乘上电车回家。

国营电车经过有乐町，朝东京站驶去，菊治俯视窗外，望着两旁树木高耸的大街。

那条大街几乎同电车线构成直角，贯穿东西，恰好映射出夕阳的余晖，明晃晃的如同金属板一样。夹道的树木，尽管沐浴着残阳，从背面看去，那绿色却显得深沉幽暗，阴凉清爽，枝条舒展，阔叶繁茂。路两旁是一幢幢坚实的洋房。

可是，大街上行人出奇的少。一直到皇宫的护城河那里，都冷冷清清的。明亮晃眼的车道也是静悄悄的。

电车里拥挤不堪，向下望去，似乎只有那条街才沉浮于黄昏这一妙景之中，感到有种异国情调。

菊治依稀看见稻村小姐拿着桃红绉绸上饰有白鹤千只的包袱，正走在林荫道上。那千只鹤包袱恍如看得格外分明。

菊治觉得心情为之一振。

又一想，小姐此刻也许快到他家，不由得心慌意乱起来。

这且不说，千花子在电话里要菊治约请几位同事，菊治不肯，便说叫稻村小姐来，她究竟打的什么主意呢？难道一开头她就存心要叫稻村小姐来的么？菊治简直弄不明白。

一到家，千花子就赶紧到门口来迎候，说道：

"一个人么？"

菊治点点头。

"一个人倒正好。她来啦。"

说着，千花子走到跟前，来接菊治的帽子和皮包。

"你回来的路上，去过哪儿了吧？"

菊治以为脸上还带着酒气。

"你去哪儿啦？后来我又打电话到公司，说你已经走了，方才还在算你回来的时间呐。"

"真没想到。"

千花子随便跑到他家里，为所欲为，连提都不提一声。

她一直跟进起居室，打算把女佣放在那里的和服，帮他穿上。

"不必麻烦。对不起，我要换衣服了。"

菊治脱掉上衣，甩开千花子，走进藏衣室。

在藏衣室里换好衣服才出来。

千花子一直坐在那儿没动。

"单身汉一人过活，我算服了。"

"没什么。"

"这种光棍生活，趁早结束吧。"

"看我老子的样儿，就够了。"

千花子瞅了菊治一眼。

她从女佣那里，借了一件罩衣，穿在身上。那原是菊治母亲的，她把袖子卷了起来。

手腕往上一段，又白又胖，但不太匀称，肘弯那里青筋突起，肉好似又硬又厚，菊治感到很意外。

"依我看，还是茶室那儿好。不过，现在已把稻村小姐让进客厅里了。"

千花子一本正经地说。

"哦，茶室里，要点电灯吧？我还没见过里面点灯呢。"

"要不然就点蜡烛，倒更有意趣。"

"我不喜欢那套。"

千花子突然想起来似的说：

"对了，方才我打电话给稻村小姐，她便问，跟家母一起来么？我说，能一起来更好。可是，她母亲有别的事，分不开身，结果只有小姐一个人来了。"

"她来，还不是听你的。把人呼来唤去，人家不会觉得太没礼貌吗？"

"这我懂。可是小姐人已经来了。既然来了，礼貌不礼貌，也不成其为问题了。"

"那为什么？"

"可不是吗，今儿个既然肯来，就是人家小姐对这门亲事还是有意思的。就算我这事办得有点离谱，也不碍事。等到亲事谈成，你们两人尽管笑我栗本做事离谱好了。凭我的经验，成得了的事，不管怎么着，总归能成。"

千花子自以为是的样子，说话之间，仿佛看透了菊治的心思。

"你已经跟人家讲过了？"

"嗯，讲过了。"

千花子言下之意，态度明确点儿。

菊治起身到廊子上，朝客厅走去。走到那株大石榴树旁，想尽力换一副神色，总不能让稻村小姐看这张不高兴的脸。

他朝石榴树幽暗的树荫看去，脑海里便又浮现出千花子的那块痣来。菊治摇了摇头。客厅前面的院子里，点景石上还留着一道落日的余晖。

客厅的纸格子门开着，稻村小姐坐在靠门口的地方。

小姐明艳照人，仿佛宽敞幽暗的客厅也赫然一亮。

壁龛里的水盘，插着菖蒲。

小姐系的，是一条绘有石菖蒲的腰带。大概是巧合吧，不过，为顺应季节，常有这种情形，也许不是偶然。

壁龛里的花，不是石菖蒲，而是菖蒲，所以，花和叶都插得高高的。一看那花便可知道，是千花子刚插好的。

二

第二天是星期日，下了一天雨。

下午，菊治一个人走进茶室，去归整昨天用过的茶具。

也为的是追寻稻村小姐的余香。

他让女佣送伞过来，刚要从客厅走下院子的石步，屋檐上的落水管坏了，水哗哗地落在石榴树前。

"那儿非修不可了。"

菊治对女佣说。

"可不是吗。"

菊治想起，老早以来，每逢雨夜，躺在床上听到那水声，就记挂着这回事。

"不过，一修起来，这里那里就该修个没完。我看趁坏得还不厉害，干脆卖掉得了。"

"有大宅子的人家，现在都这么说。昨天稻村小姐来，也挺惊讶的，说这房子真大。小姐大概要上咱们这儿来吧。"

女佣似乎想劝他不要卖掉。

"是栗本师傅这么说的吗？"

"是的。小姐一来，师傅就带她到屋里各处看了看。"

"唉，这人真是的。"

昨天，小姐没向菊治提到这事。

菊治以为，小姐只是从客厅走到茶室而已，所以，今天自己也不由得想打客厅到茶室走走。

菊治昨夜一夜没有合眼。

他觉得小姐的芳泽余香还会在茶室里荡漾，甚至半夜三更里还想起身，到茶室去看看。

"她永远是可望不可即的彼岸之人！"

对稻村小姐，他认定如此，所以尽量想法入睡。

这位小姐竟由千花子领着，在家里到各处看了一遍，实在出乎菊治的意外。

菊治吩咐女佣把炭火送到茶室里来，然后踩着石步走了过去。

昨晚，千花子要回北镰仓，便和稻村小姐一起走了。收拾碗盏什么的，留给了女佣。

茶具摆在茶室的一角，只要归整起来就行了，可是菊治不知原来搁在什么地方。

"栗本倒比我还清楚。"

菊治自言自语的，打量着挂在壁龛里歌仙的绘像。

那是画家宗达①的一张作品，淡墨线描，轻轻著彩。

"这画的是谁呀？"

昨天稻村小姐这样问过，菊治一时竟回答不上来。

"哦，是谁呢？没有题款，我也不知道。这类画上的和歌诗人，模样都差不多。"

"是宗于②吧？"

千花子插嘴说：

"和歌写的是：常磐松树绿，春来分外青。按节令来说，嫌晚了点儿，可是你父亲挺喜欢，春天常常挂出来。"

---

① 宗达：江户初期画家，生卒年不详。出身富商之家。绘画上吸收了日本的传统技法，加以大胆的装饰化，给水墨画别开生面。

② 源宗于（？—939），平安前期诗人，三十六歌仙之一。光孝天皇之孙。有《宗于朝臣集》。

"究竟是宗于还是贯之①，光凭画面，是不易分辨出来的。"

菊治又这样说了一句。

即使今天再细看，那张方脸膛，仍然分辨不出是谁。

然而，一幅小画寥寥几笔，倒令人觉得形象很大。这样端详之下，隐约闻到一股清香。

不论是这幅歌仙的画像，抑或是昨日客厅里插的菖蒲，都能勾起菊治对稻村小姐的回忆。

"因为等水开，所以送晚了。我想让水多滚一会儿再拿来。"

说着，女佣把炭火和茶釜搬了过来。

因为茶室潮湿，菊治才要火的，并没打算要茶釜。

女佣大概是听菊治说要火，便很机灵地连开水也给预备好了。

菊治随便加了几块炭，放上茶釜。

从小就跟着父亲出去参加茶会，对茶道这套规矩自然很熟；可是点茶之类，还没这个雅兴。父亲也不勉强他非学不可。

现在，水已经开了，他只是把茶釜盖稍微错开一点，坐在那里只管出神。

屋里还有股霉味儿。席子也挺潮。

素雅的墙壁，昨天稻村小姐在这里，把她映衬得越发娇艳妩媚，可是今天却显得暗淡无光。

---

① 纪贯之（？—945），平安前期诗人，三十六歌仙之一。著有《贯之集》《土佐日记》等。

菊治感觉上就像住在洋房里，穿起和服一样，记得昨天他对小姐说：

"栗本突然请你来，一定感到很为难吧？点茶什么的，也是她自作主张。"

"我听师傅说，令尊生前年年在今儿举办茶会。"

"是有此一说。不过，我早忘了，连想都没想起。"

"在这样的日子，师傅把我这个生手叫来，不是叫人难堪么！再说，这一向我又偷懒很少去学。"

"栗本也是今早才想起来，现来打扫的。你看，还有股霉味儿。"

菊治接着喏喏着说：

"不过，一样的相识，倘若不是栗本介绍，就更好了。我真觉得对不起小姐。"

小姐感到迷惑不解，望着菊治。

"那为什么？要是没师傅，不就没人给咱们介绍了么？"

固然是随口反驳一句，但也是实情。

的确，倘若没有千花子，两人恐怕今生今世也不会相见。

菊治好像眼前一闪，劈头挨了一鞭似的。

并且，听小姐的口气，这头亲事似已应允，至少菊治是这么认为。

小姐那迷惑不解的眼神，菊治之所以觉得像道闪光，也是因为这个道理。

然而，菊治直呼千花子为栗本，小姐听了，会有何感想呢？尽管为时很短，千花子毕竟曾是父亲的情妇。这点，小姐是否知情呢？

"在我的印象中，栗本很有点令人讨厌的地方。"

菊治的声音几乎有点发颤。

"有关我命运的事，我不愿意她沾边。我简直不能相信，你会是由她给介绍的。"

这时，千花子把自己的食案也端了进来，谈话便中断了。

"让我也来陪陪你们。"

说着便坐下来，仿佛刚干完活，要平一平气喘似的，稍微弯着背，察看小姐的脸色。

"只有一位客人，似乎冷清了点儿，不过，你父亲准会高兴。"

小姐垂下眼帘，肃然说：

"这是令尊的茶室，我真是不配来。"

千花子听了也不在意，想起什么便说什么，把菊治父亲生前使用这间茶室的情况，说个不停。

她好像断定这件婚事已经谈成了。

临走时，千花子在门口说：

"菊治少爷改天去稻村小姐府上回访一次，好不好？那时就该把日子定下来了。"

小姐听了点了点头。似要说什么，却没有说出口。本能使然，小姐浑身忽然显出一股娇羞之态。

菊治似乎都感觉到了她的体温，大出意外。

可是，菊治总觉得笼在一层黑暗而丑恶的帷幕之中。

直到今天这层幕也揭不掉。

不仅给他介绍稻村小姐的千花子不够洁净，就是他菊治本人也不洁净。

他常常陷于胡思乱想，父亲用不洁净的牙齿，去咬千花子胸脯上那块痣，父亲的影子跟自己重叠了起来。

即使小姐对千花子毫无芥蒂，菊治却不能释然。他为人怯懦，优柔寡断，虽然不全是源出于此，但至少也是原因之一。

菊治一方面摆出嫌恶千花子的神气，同时还装作这次婚事，完全是千花子强加于他的样子。千花子就是这样一个别人可以随便利用的女人。

他疑心小姐已经看穿这套把戏，所以觉得好似当头挨了一鞭。这时他才认清自己的为人，不禁感到愕然。

吃完饭，千花子去准备点茶的工夫，菊治又接着说：

"假使栗本就是操纵我们两人的命运之神，那么，对这命运的看法，小姐同我便有很大的差别。"

话里带些辩解的意味。

父亲死后，菊治就不愿让母亲一个人走进茶室。

不论父亲，母亲，还是自己，单独一人在茶室里的时候，谁都是各想各的心事，直到现在，菊治仍这么认为。

雨点淅淅沥沥打在树叶上。

其中，夹杂着打在伞上的声音，并且越来越近。女佣站在纸格子门外说：

"太田女士来了。"

"太田女士？是小姐吗？"

"是太太。好像病了似的，人挺憔悴……"

菊治蓦地站了起来，却又不再动弹。

"请太太到哪屋？"

"这里好了。"

"是。"

太田未亡人伞都没打就来了，也许是放在门口了？

菊治以为满脸的雨水，原来是眼泪。

因为从眼角不停地流到脸颊上，这才看出是泪水。

菊治太疏忽了，开头竟以为是雨水。

"啊！怎么了？"

叫了一声奔过去。

夫人两手扶着窄廊，坐了上去。

身软体瘫，好像要朝菊治倒过来似的。

门槛附近的窄廊上，也给嘀嘀嗒嗒的打湿了。

眼泪依旧潸潸不止，菊治竟又当成是雨点了。

夫人的眼睛始终盯着菊治，仿佛这样才能支撑着不倒下去。菊治也觉得，倘如躲开这视线，说不定会发生什么意外。

眼窝凹陷，眼圈发黑，眼角边起了鱼尾纹，成了双眼皮，带着点病态。奇怪的是那眼神如怨如诉，泪光点点，真有说不尽的温柔。

"对不起，我实在忍不住想来看看你。"

夫人的语气很亲切。

她整个体态都显得温柔可人。

倘如没有这份柔情，她那憔悴困顿的妇人样子，菊治不会去正眼瞧一眼的。

看到夫人痛苦之状，菊治简直心如刀割。他明知这痛苦是因他而起，可是，他竟有种错觉，好像自己的痛苦，因夫人的温柔模样而减轻了不少。

"要淋湿的，快上来吧。"

菊治猛地从后背搂住夫人的胸口，几乎把她拖了上来。那动作差不多有些粗暴。

夫人想站稳脚。

"请放手，放开我。我很轻吧?"

"是啊。"

"轻多了。这些日子我瘦了。"

菊治突然把夫人抱了上来，对这个举动自己也有些吃惊。

"小姐不会担心吗?"

"文子?"

听夫人这么一叫，还以为文子也跟来了。

"小姐也一起来了吗?"

"哪里，我是瞒着她来的……"

夫人抽泣着说。

"那孩子一刻都不放松我。哪怕是深更半夜，只要我一有动静，马上就惊醒。为了我，那孩子也变得有点异乎寻常了。她甚至怪我：'妈为什么只生我一个? 哪怕是三谷先生的孩子也好哇!'"

说话的工夫，夫人坐正了身子。

从夫人的话里，菊治咂摸出小姐的悲哀。

是文子看着母亲忧伤，感到于心不忍，而深自悲哀吧?

尽管如此，文子说的"哪怕是三谷先生的孩子也好哇"这句话，菊治听了，不免有些刺心。

夫人还在目不转睛地盯着菊治。

"没准儿今儿还会追到这儿来。趁她没在家，我溜了出来……她大概以为下雨天，我不会出来。"

"下雨天，怎么样?"

"以为我身体弱得下雨天出不了门吧。"

菊治只是点点头。

"那天，文子上这儿来过吧？"

"来过。她说，原谅我母亲吧，弄得我简直没法回答。"

"那孩子的心思我全知道，为什么我偏偏还要来呢？哦，天哪！"

"不过，我很感激你。"

"这真求之不得了。能这样，我也该称心了……可事后我还懊恼，真对不起。"

"按说，也没什么可缠住你的。要有，难道是我父亲的阴魂不成？"

然而，听了菊治的话，夫人不为所动，并未改容。菊治仿佛扑了个空。

"把这些都忘了吧。"

接着，夫人又说：

"可是，不知为什么接到栗本师傅的电话，我会这么沉不住气，真是难为情。"

"栗本给你打电话了？"

"嗯，今儿早晨，她说你跟稻村家雪子小姐的亲事已经定了……这件事，她干吗要告诉我呢？"

太田夫人的眼睛又湿润了。可是，忽又一笑。倒不是又哭又笑，实在是天真的微笑。

"还没有说定呢。"

菊治否认说。

"我的事，你是不是让栗本看出什么来了？那次之后，你跟她见过面没有？"

"没见过。不过，她那个人挺厉害，没准知道了也难说。今儿早晨电话里，她准会觉得奇怪。也怪自己没用，当时差点儿没倒下去，也不知嚷了些什么。电话里她准听出来了，结果被她说了一句：'太太，请你不要再从中作梗，行不行？'"

菊治皱起眉头，一时说不出话来。

"说我从中作梗，这可真是……你和雪子的婚事，我只觉得自己不好。从早晨起，我就挺怕她的，战战兢兢，在家里简直待不下去。"

说着，夫人就像有什么东西附体似的，肩膀索索抖个不住，嘴角咧向一边，吊了上去。显出上了年纪的那种丑态。

菊治起身走过去，伸手去按夫人的肩膀。

夫人抓住他的手说：

"我害怕，怕得很呀！"

说着，神色悚然地向四周打量了一回。忽然，疲惫无力地说：

"是府上的茶室么？"

这句问话是什么意思？菊治有些不解。便含糊其词地应道：

"是的。"

"这茶室相当好呢。"

难道她想起了常常来赴约的亡夫，抑或是作东道主的菊治父亲？

"是头一次来吗？"

菊治问。

"嗯。"

"你看什么呢？"

"没有，没看什么。"

"那是宗达画的歌仙绘像。"

夫人的头点了一点，顺势垂了下去。

"以前没来过我家吗？"

"嗯，压根儿没来过。"

"是吗？"

"噢，来过一次，向你父亲辞灵那回……"

说完，夫人就没再作声。

"水开了，来一杯，怎样？可以解解乏。我也想喝。"

"嗯，行吗？"

夫人刚站起来，便一个踉跄。

菊治从墙角的箱子里，拿出茶碗之类。忽然想到这些茶具稻村小姐昨天刚用过，不过，他还是拿了出来。

夫人想取下茶釜上的盖子，手哆哆嗦嗦的，盖子碰到茶釜上，磕响了一下。

她拿着茶勺，胸朝前倾，眼泪滴湿了茶釜边。

"这只茶釜，还是我请你父亲买下来的。"

"是吗？我一点不知道。"

菊治说。

尽管夫人说这本是她亡夫的茶釜，菊治也无反感。对夫人这种直率并不觉得有什么冒昧。

夫人点完茶说：

"我端不动。劳驾你过来一下好吗？"

菊治走到茶釜旁边，就在那里喝了起来。

夫人好似昏了过去，倒在菊治的腿上。

菊治抱住夫人的肩膀，夫人轻轻动弹了一下，呼吸越来越弱。

菊治的胳膊里，仿佛抱着一个婴儿，夫人的身子软软的。

三

"太太！"

菊治使劲摇着夫人说。

菊治双手按着她脖根连着胸骨的地方，看上去像掐着她的脖子似的。显然，她的胸骨比上一次更加凸出了。

"太太，是我父亲还是我，你分得清吗?"

"你好忍心啊。我不干。"

夫人闭着眼睛，娇嗔地说。

她仿佛还沉浸在另一个天地里，不想立刻回到现实中来。

方才，与其说菊治在追问夫人，不如说在探索自己那颗不安的心。

菊治乖乖地给诱进了另一个天地里，只能把那看成是另一个天地。那里，究竟是父亲还是菊治，似乎浑无区别。即或有什么不安，也但等日后再说。

夫人简直不像是尘俗女子，甚至令人以为是史前的或是人类最后的女子。

她一旦堕进那另一个天地，便使人疑心，她对亡夫，对菊治父亲，以及对菊治，是不是已经不复辨认了?

"你想起我父亲的时候，是不是把他跟我当成了一个人?"

"原谅我。啊，太可怕了。我这人真是造孽呀!"

夫人的眼角淌下两行清泪。

"啊，真想死，我真想死啊! 这会儿要能死掉，该多好。方才你不是要掐我的脖子么? 为什么不掐了呢?"

"别胡说了。不过，叫你这么一说，我倒想掐一下试试。"

"真的? 那太谢谢你了。"

说着，夫人便伸长了脖子。

"人瘦脖子细，掐起来容易。"

"你舍得留下小姐去死吗？"

"没什么。反正这样下去，迟早会累死的。文子我就托付给你了。"

"你是说小姐也像你一样……"

夫人忽地睁开眼睛。

菊治也给自己的话吓了一跳，简直没想到会说出这话来。

夫人听了有何想法呢？

"你瞧，脉搏这么乱……我活不长了。"

说完，夫人拿起菊治的手，按在乳房下。

也许方才菊治那句话，让她吃了一惊，心才这样跳的。

"菊治，你多大了？"

菊治没有回答。

"还不到三十吧？我这人真该死，实在可悲。我自己也莫名其妙。"

夫人撑起一条胳膊，半身斜坐，蜷着两条腿。

菊治坐了起来。

"我来，可不是为败坏你跟雪子的婚事的。总之，一切都完了。"

"婚事还没定下来呢。不过，经你这么一说，我的过去也算一笔勾销了。"

"真的？"

"给我做媒的那个栗本，也是父亲的女人。那婆娘就爱提从前那些旧恨宿怨，出出心头的恶气。你是我父亲最后一个相好，我想父亲跟你在一起准很快活。"

"你还是同雪子早些结婚的好。"

"这要看我高兴。"

夫人失神地望着菊治，脸上没了血色，扶着前额说：

"天旋地转的，头晕得很。"

夫人一定要回去，菊治只好叫一辆汽车，自己也跟着坐了进去。

她闭着眼睛，倚在汽车角落里。看她伤心无主的神情，像有性命之忧。

菊治没有进夫人的家。下车时，她从菊治手中抽出冰凉的手指，一溜烟便消失了。

当天夜里两点钟左右，文子打来电话。

"是三谷少爷么？我妈方才……"

说到这里顿了一下，接着清清楚楚地说：

"过世了。"

"什么？你妈怎么啦？"

"死啦。心脏麻痹。这一向，她一直吃许多安眠药。"

菊治无言以对。

"所以，我想求您一件事。"

"唔。"

"要是您有熟悉的大夫，能不能请您陪他来一趟?"

"大夫? 请大夫吗? 很急吧?"

菊治很惊讶，怎么还没请到大夫，猛地恍然明白了。

夫人准是自杀了。文子为了掩饰其事，才向菊治求救的。

"我明白了。"

"那就拜托了。"

文子一定考虑再三，才打电话给菊治的。所以，说话才这样审慎郑重，只讲了一下要办的事。

菊治坐在电话机旁，闭上眼睛。

同太田夫人在北镰仓旅馆共度良宵后，在回家的电车上所看到的落日景色，蓦地掠过菊治的脑海。

那是池上本门寺林中的落日。

赭红的落日，像在树梢上掠过。

霞色将森林映衬得黑黝黝的一片。

掠过树梢的落日，刺痛疲倦的眼睛，菊治便闭上了眼睛。

那时，他忽然觉得，稻村小姐包袱上的千只白鹤，仿佛在眼内的霞空里翩跹飞舞。

志野瓷

一

菊治上太田夫人家，是在头七后的第二天。

倘如等下班再去，要拖到傍晚，所以他打算早些走。可是每当动身要走时，就有些心慌意乱，那天迟迟疑疑，直到下班都还没走。

是文子出来开的门。

"哎呀，是您!"

文子两手扶在地板上，抬头望着菊治。仿佛是用两手支撑着颤抖的肩膀。

"谢谢您昨天送来的花。"

"不客气。"

"送了花，我以为您不会来了呢。"

"是吗？不过，也有先送花后来人的吧。"

"这倒没想到。"

"我昨天去过附近花店……"

文子一本正经地点头说：

"花上虽然没有名片，可我立刻就猜到是您送的。"

菊治想起昨天在花店里，站在花丛中回忆太田夫人的情景。

还想起，蓦然间，花的香气竟冲淡了他对罪孽的恐惧。

此刻又受到文子温柔的接待。

文子穿一件白底的布衣服，没有搽粉，只是在有些干燥的嘴唇上，涂上淡淡一层口红。

"因为我想，昨天还是不来为好。"菊治说。

文子把膝盖往斜里挪了挪，意思是请菊治上来。

文子大概是为了要忍住不哭，才在门口寒暄的，可是当场再要说什么，说不定就会哭出来。

"收到您的花，真不知有多高兴。不过，您昨天也可以来的。"

文子从菊治的背后站起身，走过来说。

菊治尽量装出轻松的口气说：

"我怕招令亲贵戚讨厌，那反而不美。"

"我已经不在乎这些了。"

文子说得很爽快。

客厅内，骨灰坛前摆着太田夫人的遗像。

只有菊治昨天送的花，还供在那里。

菊治有些愕然，只留下他的花，别人的花难道文子都收走了么？

不过，头七也许很冷清也难说。菊治有这种感觉。

“是水罐子吧？”

文子知道菊治说的是花瓶，便回答说：

“是的。我觉得挺合适。”

“好像是件上好的志野瓷。”

用来做茶道的水罐，略微小了点。

里面插的，是洁白的玫瑰和浅色的石竹。花束跟直筒形的水罐很相称。

“我妈也常常用来插花的，所以就留下来没卖掉。”

菊治坐在骨灰坛前，点上香，然后合掌瞑目。

他在祈求饶恕。可是，心里对夫人的爱，充满感激之情，仿佛又受到夫人一腔柔情的抚慰。

夫人是感到罪孽深重，不能自拔，才一死了事呢？抑或是情爱弥笃，无法克制，才殉情而死的？致夫人于死命的，究竟是爱还是罪？菊治想了一个星期，百思不得其解。

此时此刻，面对灵位，闭目凝思，脑海里虽然没有浮现出夫人的绰约风姿，但那令人陶醉的香艳之感，却温存地萦绕着他。奇怪的是，菊治并不觉得有什么不自然，这恐怕也是因为夫人的缘故。那种感触的来复，只可以意会而不可以言传。

夫人死后，菊治常常夜不成寐，便在酒里加安眠药。尽管这样，还是容易醒，而且梦很多。

不过，做的倒不是噩梦。梦醒萦回，常常感到甜美酣畅，令人陶醉，哪怕醒后，也依然为之销魂。

一个死去的人，居然让人能在梦中感到她的拥抱，菊治觉得真是不可思议。凭他肤浅的经验，简直不可想象。

"我这人真是造孽。"

在北镰仓同菊治开旅馆那夜，夫人说过这句话；走进菊治家茶室时，也曾说过。正像这句话引起夫人快活的颤栗和唏嘘一样，如今菊治坐在灵位前，虽然想着她的死，造成她死的就是罪孽，可夫人所说造孽这句话的声音，却仿佛又在耳畔回响。

菊治睁开眼睛来。

文子在他身后抽泣。像似极力忍着不哭出声来，但禁不住漏出一声两声，马上又咽了下去。

菊治端坐不动，问文子说：

"这是什么时候的照片？"

"五六年前的，是小照片放大的。"

"唔？是点茶时拍的吧？"

"咦？您倒看出来了。"

是张脸部放大照。齐衣领合拢之处，往下给剪掉了，两边肩膀也给剪了。

"您怎么知道是点茶时拍的？"

文子问。

"我这么觉得。你看，她眼睛朝下，脸上的表情好像在做什么事。虽然看不见肩膀，也能感到身上在使劲。”

"起先我觉得脸有些侧，犹豫了一阵，可是，我妈生前最喜欢这张照片。"

"这照片又娴静，又优美。"

"不过，脸有些侧，毕竟不大好。人家上香时，好像都不正眼看人不是？"

"哦，这倒是。"

"不光是脸扭过去，还低着头。"

"不错。"

菊治想起夫人临死前一天点茶时的情景：

她拿着茶勺，泪水把茶釜边都滴湿了。菊治走过去接茶碗。等喝完茶，釜上的眼泪才干。他刚刚放下茶碗，夫人便倒在菊治的腿上。

"拍这张照的时候，她人还胖一点。"

接着，文子又讷讷地说：

"再说，跟我太像的照片，供在那里，不知怎的，总有些不好意思。"

菊治蓦地回头看了一眼。

文子目光低垂。那目光，方才一直凝视着菊治的背影。

这回菊治少不得离开灵位前，跟文子相对而坐。

但是，对文子，他还有什么表示歉意的话好说呢？

幸而插花的器什，是个志野瓷的水罐。菊治两手轻轻撑在罐前，装作打量茶具的模样。

白釉面上隐隐泛出红色，菊治伸手摸了摸那冷艳而又温馨的表面。

"柔润得像梦幻似的，这种精品志野瓷，也确实叫人喜欢。"

他刚要说"柔润得像梦幻中的女人似的"，便缩住口，没说出"女人"二字。

"要是中意的话，就送给您，作为我母亲的纪念品。"

"不敢当。"

菊治抬起头来赶紧说。

"既然喜欢，就甭客气。我妈在天之灵也会高兴的。这水罐，似乎东西还不错。"

"当然是件精品。"

"我也是听妈那么说。所以，才把您送的花插在里面。"

菊治也没想到，竟然会热泪盈眶。

"那么我就收下了。"

"我妈也准会高兴的。"

"不过，看来我不大可能把它当茶道的水罐用。只能拿来当个花瓶。"

"我妈也用它插过花。能作花瓶用，也足够了。"

"即使插花，也不是茶道用的花。茶道器具要不用在茶道上，未免可惜了。"

"我不想学茶道了。"

菊治趁回头的工夫，站了起来。把放在壁龛附近的坐垫，拖到廊子这边，坐了下来。

文子坐得离菊治有几步远，一直没用坐垫，在他身后侍候着。

因为菊治挪开了，文子便孤单单地给留在客厅的中央。

她两手手指弯着放在膝盖上，大概怕手指发颤，便握了起来。

"三谷少爷，请原谅我妈吧。"

文子说完，嗒然低下头去。

在她一低头的那瞬间，菊治以为她会倒下去，不禁吃了一惊，说道：

"哪儿的话。要请原谅的，该是我。我觉得，'请原谅'这三个字，我都说不出口。不知该怎样表示歉意才好。对你，我感到有愧，简直不好意思来见你。"

"有愧的是我们呀。"

文子脸上露出羞惭的神色。

"真想钻进什么地缝里去。"

从她那没搽脂粉的脸颊，直到白皙修长的颈项，都微微泛起红晕，看得出文子已心力交瘁。

那微红的脸色，反而使人感到她有些贫血。

菊治内疚地说：

"我想，你妈不知有多恨我呢。"

"恨您？瞧您说的。我妈她会恨您吗？"

"怎么不会？不是因为我，她才死的么？"

"那是她自己寻死。我一直这么认为。她死后，这一个星期里，我一个人就在琢磨这件事来着。"

"她过世了，你就一个人待在家里吗？"

"嗯。原先妈和我两个人，也一直这么过的。"

"你妈，是我害了她。"

"是她自己要死的嘛。要说是您害了她，倒还不如说我害了她。倘如我妈死了，非得恨什么人的话，那就得恨我才是。要旁人来受过，或是悔恨什么，我妈的死，就显得不正大光明，不纯正无疵了。让活着的人负疚或后悔，我觉得会给死者增添负累的。"

"也许确是这样。不过，要是我没遇上你母亲……"

菊治说不下去了。

"我想，死去的人要能得到宽恕，那就如愿以偿了。说不定我妈就是想以死来求您宽恕。您能原谅她么？"

说完，文子便站起身走开了。

听了文子的话，菊治觉得脑海里好似撤除了一层帷幕。

心里忖道，人死了，负累也能减轻么？

难道因死人而烦恼，就等于诅咒死者，就是浅薄，就是错上加错不成？其实，死就死了，哪儿还会用道德强制活着的人？

菊治的目光又转向夫人的照片。

二

这时，文子端着茶盘进来。

盘里放着两只直筒状的茶碗，一只是赤乐①，一只是黑乐。

黑釉的那只，放在菊治面前。

沏的是粗茶。

菊治端起茶碗，一边打量碗底的款识，一边莽撞地问了一句：

"谁烧的？"

"我想是了入。"

"红的也是？"

"嗯。"

"原来是一对呀！"

说着，菊治把那只红的打量了一眼。

---

① 日本陶瓷之一种。京都人长次郎（1512—1592），得茶道名家千利休亲授，烧制成的茶具为丰臣秀吉所喜，赐以"乐丹印，遂用为家号。"乐家茶碗"按釉色分为白、黑、红三种，多有名品传世。下文的"了入"，为乐家第九代陶匠。

红的一只放在文子的膝前，还没碰过。

这对直筒茶碗，用来喝茶正合适。可是菊治脑海里倏地浮起一个恼人的幻象。

文子的父亲死后，菊治的父亲还在世，每次来找文子母亲，两人不就是把这对乐家茶碗当普通茶碗用的么？给菊治的父亲用黑的，文子的母亲用那只红的，岂不是一对夫妻碗么？

真是了入瓷，倒也不算辱没了它，或许还是他们旅行幽会用的茶碗也难说。

果真如此的话，文子又明明知道个中情形，还给菊治拿出这对茶碗来，那就未免太捉弄人了。

可是菊治既未感到含沙射影的讥刺，也未觉出别有用心的企图。

他认为这纯粹是一种少女的感伤。

而且，连菊治自己也给牵惹得感伤起来。

也许是太田夫人的死，把文子和菊治都给缠住了，无力抗拒这种别样情调的感伤。然而，这对乐家茶碗，使菊治与文子陷入同样的悲伤，同样的深沉。

菊治的父亲和文子的母亲之间，母亲与菊治之间，以及母亲的死，一切的一切，文子全都清楚。

文子母亲自杀的事给遮掩过去，也是他们两人同谋的。

文子沏茶时好像哭过，眼睛有些发红。

"我觉得今天还是来了的好。"

菊治说。

"照你方才的话，可以理解为，死人与活人之间，不论原谅不原谅，已经没有什么意义了。那么，我现在能不能够认为，已经得到你母亲的宽恕了呢？"

文子点点头说：

"要不然，我妈也得不到您的宽恕呀，尽管她始终不能原谅自己。"

"可是，我到这儿来，跟你这样相对而坐，不是有点过分吗？"

"那为什么？"

文子望着菊治说。

"您的意思，是她不该死么？母亲刚死那两天，我真有些替她抱屈，不论怎样被人误解，死总不能洗刷什么。死了，岂不是拒绝别人谅解么？别人也无从宽恕她呀。"

菊治默默听着，心里在想，难道文子也探测过死亡的奥秘？

听到文子说，死是拒绝别人的谅解，使他颇感意外。

就以眼前而论，菊治所了解的夫人与文子所了解的母亲，大概就有很大出入。

文子无法了解作为女人的母亲。

在菊治来说，宽恕别人也罢，被人宽恕也罢，只发生在对女人肉体那种如梦如痴的陶醉之中。

这对一黑一红的乐家茶碗，似又使菊治悠然神游那如梦如痴的境界。

文子就不会了解乃母的这一面。

从娘胎里生出来的孩子，却不了解母亲的肉体，似乎不无微妙；可是母亲的体态，竟传给了女儿，倒也微妙得很。

从方才文子在门口接他开始，菊治便感觉到一种脉脉的温情，那也是因为从文子温柔的圆脸上，看到了她母亲的面影。

倘如夫人从菊治身上，看到了他父亲的面影而再度失足，那么，菊治觉得文子酷似乃母，便是令人战栗，大可诅咒的事。但是，菊治却又乖乖地受其诱惑。

只要看一眼文子那微翘的下唇，小巧而干燥的嘴唇，菊治便觉得无法同她争辩。

该怎么才能使她表示一下反抗呢？

菊治心里不禁生起这样一个念头。

“你妈人太温顺了，以至于活不下去。”他说，“而我，对你妈未免又太狠心了点儿。有时不免把自己道德上的内疚，以那种形式，强加于她。因为我这人既胆小，又卑鄙……”

“是我妈不好。她这人太糟糕了。不论同令尊的事，或是同您的事，我觉得这虽说不是她本性……”

文子欲言又止，脸上一片飞红。血色比方才强多了。

她稍稍扭过脸去，低垂了头，仿佛要躲开菊治的目光似的。

"不过，我妈死的第二天，我就渐渐觉得她美。倒不是我想象出来的，而是她自然而然显得美好起来。"

"对死去的人来说，不管怎么着，恐怕都一样吧。"

"我妈也许是因为对自己的秽行隐忍不了，才死的……"

"我看不是这样。"

"再说，她伤心也伤够了。"

文子眼里涌出泪水。大概想把母亲对菊治的深情吐露出来。

"死去的人已长留在我们心里，就好好珍惜吧。"

菊治又说：

"只是他们都死得太早了一点。"

文子大概也明白，菊治是指他跟文子两人的父母。

"你我都是独生子女。"

菊治接着说道。

可是说完这句话，他才想到，要是太田夫人没有文子这个女儿，他与夫人的事，说不定自己更要胡思乱想，叫那些阴暗怪诞的念头给缠住。

"据说你待我爸也很亲切。这还是听你妈说的。"

这句话他终于说了出来。以为说得很自然。

他认为，父亲和太田夫人相好，出入她家的事，也不妨同文子聊聊。

可是，没料到文子当即手扶在席子上说：

"请您原谅。我妈也可怜……打那时起，她就随时准备死来着。"

说完，便趴在那里，一动不动哭了起来，肩膀也像松了劲儿。

她没防菊治会来，连袜子也来不及穿上。她缩起身子，仿佛要把脚心藏在身下。

披散在席子上的头发，差点碰到那只直筒赤乐碗。

哭着哭着，两手捂着脸，走了出去。

过了半晌还不见出来，菊治便说：

"那么我今天就此告辞了。"

说完，菊治走到门口。

这时，文子捧着一个包袱出来。

"这个包，请您带回去吧。"

"哦?"

"志野罐。"

将花取出，把水倒掉，擦干，装盒，然后包好，对她的手脚麻利，菊治真是十分惊讶。

"今天就让我带回去? 不是还要插花吗?"

"甭客气，只管拿着好了。"

菊治心里想，文子大概是因为沉浸在悲哀中，出手反而更加麻利了，嘴上一面说：

"那么，我就收下了。"

"我亲自送到府上，固然周到，可是，有所不便。"

"那为什么？"

文子没有回答。

"好吧，请多保重。"

菊治刚要跨出门，文子说：

"谢谢您了。我妈的事，请不要介意，还是早些结婚吧。"

"你说什么？"菊治回过脸去，文子却没有抬起头来。

三

志野瓷水罐带回来后，菊治也插上白玫瑰和浅色的石竹花。

直到太田夫人死后，菊治好像才爱上她，常常为之情思缠绵。

而且，他的感情，还是经她女儿文子点破之后，才了悟过来的。

星期天，他试着给文子打了个电话。

"你家里仍旧只有你一个人么？"

"是呀，我也已经觉得寂寞了。"

"一个人住，总归不行的。"

"可不是。"

“你家里这么静，电话里都好像能感觉到。”

文子吃吃地笑了起来。

“请朋友来住住不好吗?”

“可我总觉得，要是别人一来，我妈的事就会给人知道了去似的……”

菊治无言以对。

“就你一个人，恐怕不便出门吧?”

“那倒不至于。可以锁上门出去。”

“那就请你来玩玩吧。”

“谢谢您，改日吧。”

“你身体怎么样?”

“瘦了点。”

“睡得好吗?”

“夜里几乎睡不着。”

“那怎么行呢?”

“最近也许把这儿的房子处理掉，到朋友那里租间房子住。”

“你说最近，是几时呢?”

“我想等这儿卖掉，就搬。”

“卖房子么?”

“嗯。”

“你打算卖掉?”

"嗳。您认为卖掉不好?"

"唔，倒不是。我这座房子也想卖掉呢。"

文子没有作声。

"喂喂，这些事，电话里也谈不清。星期天我在家，能不能劳驾来一趟?"

"好吧。"

"你送的志野罐，我插上西洋花了。你要是来，可以当水罐用一次……"

"是点茶么……"

"倒也不是。这件志野瓷，要是不当水罐用一次，未免委屈了它，是不是? 何况，茶具本来就该配别的茶具用，才能相得益彰; 要不然，货真价实的美就显不出来。"

"可是，今天我这副样子，比上次见面的时候更加难看。我不来了。"

"没有别的客人，怕什么呢?"

"不想来了……"

"是吗?"

"那么再见。"

"请多保重。好像有人来了，再说吧。"

来客原来是栗本千花子。

菊治神色有些惊惶，担心方才的电话，会不会被她听去。

"实在闷得慌，也好久没碰上这样的好天儿，所以，我就来了。"

千花子嘴上打着招呼，眼睛早已看见那件志野瓷水罐。

"这往后入了夏，茶道就该闲一阵了，我想来这儿的茶室坐坐……"

千花子将带来的礼品、点心和一把扇子，拿了出来。

"这茶室，怕又要泛潮发霉了吧?"

"也许吧。"

"那是太田家的水罐吧? 让我看看。"

千花子若无其事地说着，身子朝花那边挪过去。

当她手扶在席上，往下一低头，那骨骼粗大的肩膀，就怒突出来，样子就像在喷吐毒气。

"买的?"

"不，送的。"

"送你这个? 这礼物很贵重啊。是作纪念的吧?"

千花子一抬起头，便转过身子说:

"这么名贵的东西，你不会向她买么? 让人家小姐送，倒叫人有些不放心。"

"好吧，容我再考虑考虑。"

"就这么着吧。太田家的茶具，也弄来了不少，可都是你父亲买下来的。即使在照顾太田太太以后，也没白要过……"

"这些事，我不愿听你提。"

"好了好了，不提就是了。"

说着，忽然轻快地站起身来，走了出去。

只听见她在那边跟女佣说话。过了一会儿，系着围裙出来。

"太田太太是自杀的吧？"

千花子出其不意地问道。

"不是。"

"不是？我一听就知道了。她那个人，身上总有股妖气。"

千花子望着菊治说。

"你父亲也说过，这个女人叫人捉摸不透。当然，我们女人家，看法又不同些。反正她总是装得天真烂漫的样儿，跟我一点儿都合不来。黏黏糊糊的……"

"人死了，你不要再说她坏话好不好？"

"话是这么说。可是死人，不是还在破坏你的亲事吗？连你父亲也叫她折腾苦了。"

菊治心里想，觉得苦的，怕是你千花子吧。

父亲跟千花子相好，也只是逢场作戏，为时很短，虽然原因不在太田夫人，但是，父亲到死，跟太田夫人倒一直相好，千花子简直把她恨之入骨。

"她那种女人，像你这样的年轻后生，是不会了解的。她死了倒好。我这是老实话。"

菊治扭过脸去没理她。

"连你的婚事，她都要从中作梗，谁受得了哇？她准是觉得太作孽，又收不了那份邪心，才死的。像她那种人，还以为死了能跟你父亲阴间相会哩。"

菊治不由得打了一个寒噤。

千花子走到院子里，说道：

"我也要上茶室去静静心。"

菊治坐在那里看着花，半晌没动。

粉白和浅红的花色，与志野瓷上的釉彩，朦朦胧胧，混成一片。

这时，文子独自在家掩面痛哭的身影，忽然掠过脑际。

母亲的口红

一

菊治刷完牙，回到卧室的时候，女佣正把牵牛花插进挂在墙上的葫芦花瓶里。

"今天我要起来了。"

菊治嘴上这么说，身子又钻进了被窝。

他仰卧着，在枕头上歪着脖子，望着挂在壁龛角上的花朵。

"有一朵已经开了。"

女佣说着，便退到隔壁房里。

"今天还请假吧?"

"嗯，再休息一天。不过，我要起来。"

菊治因为伤风头痛，有四五天没去公司上班。

"这牵牛花，从什么地方摘来的?"

"在院子边上，缠在蘘荷上，都开了一朵了。"

大概是自生自长的吧? 是那种常见的靛蓝色，纤细的藤蔓上，花和叶都挺小。

可是，插在古旧发黑的红漆葫芦花瓶里，绿叶蓝花倒垂下来，颇觉清新雅致。

父亲在世时，这女佣就一直在家里帮忙，这类事不用吩咐自己会做。

花瓶上红漆褪色的地方，还看得见花押。古色古香的盒子上，写着"宗旦"两字。如果确是真品，那只葫芦便是上三百年的东西了。

菊治不懂茶道插花的规矩，女佣自然也不清楚。不过，早上点茶，插牵牛花似乎也行。

在传世三百年的葫芦里，插着一个早晨便会凋谢的牵牛花，想到这里，菊治不禁凝目看了一会儿。

这跟同样是三百年前的志野瓷水罐里插满西洋花相比，兴许还更合适些?

可是，养在水里，牵牛花究竟能保持多久呢? 心里不免有些嘀咕。

女佣侍候他吃早饭时，菊治说:

"那牵牛花，我以为眼看就会枯萎呢，倒也不见得。"

"是么?"

菊治想了起来，文子权当她母亲的纪念品送他的志野瓷水罐，他曾打算插一次牡丹花来着。

水罐拿回来时，牡丹花的花期已过，可是当时，也许什么地方还会有开的。

"我都忘了家里还有这样一只葫芦，难为你给找了出来。"

"是的。"

"你见过老爷在葫芦里插牵牛花吗?"

"倒没见过。牵牛花和葫芦都是蔓生的，所以，我想插插看。"

"唔? 蔓生……"

菊治笑了笑，愣在那里。

看报纸的时候，头开始发沉，便躺在起居室里说:

"被盖还没收拾吧?"

女佣正在洗东西，听见问，便擦着湿手进来说:

"那我去拾掇一下吧。"

菊治随即到卧室去，一看，壁龛里的牵牛花不见了。

葫芦花瓶也没挂在原处。

"哦。"

大概花要枯了，不愿让菊治看见的缘故吧？

女佣说，牵牛花和葫芦都是"蔓生的"，菊治无端笑了出来。是的，父亲当年的一些规矩，依然保留在女佣的某些做法里。

然而，志野瓷水罐仍摆在壁龛正中的地方，没有收走。

倘若文子走来看到了，准会以为不知爱惜呢。

这只水罐刚从文子那里拿来，菊治就赶紧插上粉白的玫瑰和浅色的石竹。

因为文子在母亲灵位前，就是这样插的。而那束白玫瑰和石竹花，就是文子母亲头七那天，菊治送的。

菊治抱着水罐回家的路上，到昨天送文子家花的那爿花店里，买了同样的花回来。

后来，光是摸摸那只水罐，菊治就会怦然心跳，便没再插什么花。

在路上，有时看到中年妇女的背影，他竟能给迷住，及至回过念来，便神情黯然，喃喃自语：

"简直是在犯罪。"

等他收束心神，再一端详，那背影并不像太田夫人。

只不过身腰丰满，形相略似而已。

倏地，菊治浑身一哆嗦，感到一种渴望，但同时，陶醉与疑惧交并，使他在即将犯罪的一刹那间，当即醒悟过来。

"使我发生邪念的，究竟是什么呢?"

菊治即便这么说，想甩掉什么，可是代替回答的，竟是越发想与夫人相会的欲念。

与死者的神交，那种感触有时竟会活灵活现的。菊治也想过，若不能从中摆脱出来，自己便不可救药了。

有时菊治也认为，这或许是因为道德上的自责，引起官能上的病态。

菊治把志野瓷水罐收进盒里，然后钻进被窝。

他转眼去看院子时，打起雷来了。

雷声虽远，却很响，而且越响越近。

电光开始掠过院里的树木。

骤雨已至，雷声倒像离得远了。

地上溅起了水花，雨势很猛。

菊治爬起来，去给文子打电话。

"太田小姐已经搬走了……"

对方说。

"啊?"

菊治禁不住心头一跳。

"对不起。那么……"

心想，文子已经把房子卖掉了。

"您知道搬到哪里吗?"

"啊，请稍等一下。"

接电话的似乎是女用人。

马上又回到电话机旁，好像在照字条念，把地址告诉菊治。

说是房东姓户崎，也有电话。

菊治把电话又拨到那家。

只听见文子声音爽朗地说:

"让您久等了。我是文子。"

"文子小姐吗? 我是三谷。我刚给你家打过电话。"

"真对不起。"

她声音压低之下，很像她母亲。

"几时搬的?"

"哦，是……"

"怎么不告诉我呢?"

"这些日子一直在朋友这里叨扰。房子已经卖掉了。"

"哦。"

"我总拿不定主意，不知要不要告诉您。起初没打算告诉您，也决定不告诉您。可近来，心里又后悔没告诉您。"

"那可不是吗。"

"哟，您也这么认为？"

说话的工夫，菊治仿佛洗了一个澡，神气为之一爽。电话难道也会有这种效验？

"那个志野瓷水罐，你送给我的，每次看到，就特别想见你。"

"是么？家里还有另外一件志野瓷，是只直筒形的小茶盅。上次我想跟水罐一起送给您来着。可是，因为我妈用来喝过茶，碗边上还染上了口红印儿……"

"唔？"

"那是我妈的说法。"

"瓷器上沾着你妈的口红印，会不掉吗？"

"不是没掉。那件志野瓷，本来就带点浅红，我妈说，口红一沾在碗口上，就怎么也擦不掉。妈死后，我看那茶盅，碗口上真有一处，像隐隐地发红。"

文子说这话，果真那么若无其事么？

菊治听不下去了，便转个话头：

"这里阵雨下得很大，你那里呢？"

"也是倾盆大雨呀。我怕打雷，都缩成一团了。"

"这场雨后，想必会凉爽一些。我在家休息了四五天，今天还在家里。高兴的话，过来玩玩吧。"

"谢谢。要拜访的话，也得等找到事以后。我想出去做点事。"

没等菊治回答，文子又说：

"接到您的电话，我挺高兴，就来一趟吧。虽然我觉得似乎不该再看您……"

菊治等阵雨过去，让女佣收起铺盖。

菊治自己也很奇怪，打电话的结果，居然把文子给请了来。

他尤其没有料到，同太田夫人之间那种罪孽的阴影，竟因听了她女儿的声音而变得无影无踪。

难道是女儿的声音，使他觉得她母亲虽死犹生么？

菊治刮胡子时，把刮下的胡子带肥皂沫，一齐甩在院里的树叶上，让雨水给冲掉。

刚过中午，还以为文子来了，菊治到门口一看，原来是栗本千花子。

"哦，是你！"

"天儿热起来了。好久没来了，今儿来看看你！"

"我身体不大舒服。"

"可别病了，脸色也不怎么好。"

千花子紧蹙额角，看着菊治。

菊治思量着，自己认为文子会穿西服来的，怎么听见木屐声，就错当文子来了呢？真是怪事。嘴里同时说道：

"新镶了牙吧？好像年轻多了。"

"趁黄梅天，有闲工夫才去镶的……就是太白了点儿。反正很快就变色，管它呢。"

千花子走到菊治的卧室，看了看壁龛。

"什么都没有，这回可干净利索了吧?"

菊治说。

"是呀，都是这黄梅天嘛。不过，至少得摆点花儿什么的……"

接着，回过身子说:

"太田家的那件志野瓷，后来怎么着了?"

菊治没作声。

"还掉不好吗?"

"那是我的事。"

"也不见得吧?"

"至少，用不着你来指手画脚。"

"倒也未必吧?"

千花子露出雪白的假牙笑着说:

"今儿个来，就是为了要啰唆几句。"

说着，陡然双手一挥，好像要赶掉什么似的。

"我非把那股妖气，从这个家里赶走不可……"

"你别吓唬人好不好?"

"不过，我这个媒人，今儿个倒要提几个条件出来。"

"假如还是稻村小姐的事，那么谢谢你的好意，我不能接受。"

"哟！哟！因为不中意我这个媒人，竟连中意的亲事也要毁掉，岂非气量太小。媒人搭桥，你只管在上面走道，你父亲当年还不是满不在乎，照样利用我。"

菊治沉下脸来。

千花子说得越起劲，肩膀就越爱耸起来。

"那也难怪。我跟太田太太不一样，心直口快。即便这种事，也不想藏在心里，总想有朝一日还是说说的好。遗憾的是，在你父亲那些相好的当中，我竟算不上数。短暂得很，一下子就吹了……"

说完，便低下头去。

"不过，我倒不恨他。打那以后，只要对他有用，他就随意利用我……你们男人家，利用有过关系的女人，顶牢靠了。我呢，也托你父亲的福，学到一些处世之道，大有用处。"

"哼。"

"所以，你就利用一下我这处世之道，也大有用处。"

她这番话，菊治不知不觉倒也听了进去，认为有点道理。

千花子从和服腰带里抽出一把扇子。

"一个人要太像个男人，或太像个女人，就学不来这种有用的处世之道。"

"是吗？那么这种处世之道，就该是男不男女不女的喽？"

"别奚落人，好吗？要能变得男不男女不女的，倒正好能把男人和女人的心思一齐看透。你想过没有？太田太太娘儿俩相依为命。她居然舍得丢下女儿，自蹈死路！依我看，她说不定别有用意，以为她死了，你可以替她照顾女儿……"

"什么话！"

"我细细琢磨了一番，恍然解开这个疑团。我总觉得，她是拿死来毁掉你这次亲事。她的死，非同寻常，必有道理。"

"是你自己胡思乱想罢了。"

菊治一面这样说，一面感到千花子的胡言乱语真是刺心。

仿佛是电光一闪。

"菊治，你是不是把稻村小姐的事，告诉过太田太太？"

菊治记了起来，但又装作不知。

"打电话告诉太田太太，说我的婚事已经定了的，不是你吗？"

"是的，我告诉过她，叫她别捣乱。就在那天晚上，她死了。"

顿时默然。

"可是，我打电话，你怎么知道呢？是她来向你哭诉的吧？"

菊治冷不防挨了一下。

"是不是？怪不得她在电话里就'哎呀'叫了一声呐。"

"这么说，不等于你害了她么?"

"你以为这么想，就可以脱掉干系，轻松自如了是吧? 反正我也演惯反派了。你父亲就是这样，用得着的时候，便叫我替他做恶人，对他用处大着呢。倒并不是为了报答他，今儿我就再来演一回反派。"

在菊治听来，千花子似乎是把那根深蒂固的嫉妒和憎恶一吐为快。

"算啦，这些个内幕，就佯作不知吧……"

千花子的眼神，仿佛在谛视自己的鼻子尖似的，接下去说道：

"你要是讨厌我，以为我多管闲事，尽管皱眉头好了……总有一天，我要把这个狐狸精赶跑，帮你缔结良缘。"

"缔结良缘这类话，请你不要再提，行不行?"

"行，行。我也不愿把太田太太的事搅进来。"

千花子把声音放柔和地说：

"当然，太田太太也算不上是坏人……自己死了，不言不语的，便把闺女许给你，这不过是她的痴心妄想，所以……"

"又胡说八道开了!"

"就是这么回事嘛。她在世的时候，你真以为，她从来都没想过要把闺女嫁给你吗? 要真这样以为，你也太糊涂了。她那个人，不管睡着醒着，只顾想你父亲，像着了魔似的，要说是痴情，倒也真是痴情。糊里糊涂的，把闺女也给卷了进来，末了，连命都搭上了……在旁人看来，不是恶报，就是天谴。简直是天网恢恢。"

说到这里，菊治和千花子彼此面面相觑。

千花子把两只小眼睛，向上翻起，那目光定定然直瞧着菊治，菊治只得侧过脸去。

菊治之所以畏首畏尾，让千花子絮絮不休说道半天，是因为原本自己就有弱点，尤其因为千花子的奇谈怪论，把他怔住了。

死去的太田夫人，果真想叫女儿文子跟菊治订终身么？菊治连想都没想过，也不信这话。

恐怕又是千花子在发妒火吧？

正像千花子胸脯上长的那块令人嫌恶的黑痣一样，也许是一种瞎猜疑？

然而，这番奇谈怪论，在菊治听来，不啻是一道闪电。

菊治感到十分惶恐。

难道自己真的就没有抱过这种希望么？

母亲亡故之后，移情于女儿，这在世上并不是没有先例。可是，当一个人还恋恋于母亲的拥抱，却又不知不觉倾心于其女儿，竟至自己都未察觉，岂不真是入了魔障？

现在想来，自从与太田夫人相会以来，他觉得自己的性格全变了。

总好像麻木了一样。

"太田小姐来了。她说，要是有客人，就改天再来……"

女佣进来通报。

"哎呀。她回去了吗？"

菊治起身走了出去。

二

"方才太失礼了……"

文子伸着白净而修长的脖颈，抬头望着菊治。

从喉咙连接前胸的凹陷处，蒙着一层淡黄的阴影。

不知是光线的缘故，抑或是形容的憔悴，看到那淡淡的阴
影，菊治顿感安然。

"是栗本来了。"

菊治直言以告。出来的时候虽有些拘谨，但一见到文子，
反而轻松起来。

文子点点头说：

"我瞧见师傅的阳伞了……"

"哦，是这把伞吗？"

一把长柄灰伞，在门口靠墙竖着。

"要不然，请你先上厢房那儿的茶室待一会儿？栗本那老婆

子就要回去的。"

菊治嘴上说着，心里不免埋怨自己，明知文子要来，为什么没把千花子打发走呢?

"我倒没什么……"

"是吗? 那么请。"

文子仿佛对千花子的敌意茫无所知，进客厅时，还向她寒暄致意。

同时，对她来给母亲吊丧，也道谢了一番。

千花子像授徒传艺时的样子，耸起左肩，挺着胸脯说:

"你妈也是位性气平和的好心人，在这好人活不下去的世道里，她像最后一朵花似的凋谢了。"

"我妈可没那么好。"

"撇下你一个人，你妈心里准牵挂得很。"

文子垂下目光。

微微翘起的下唇，抿得紧紧的。

"一个人也怪冷清的，不如来学学茶道……"

"哦，我已经……"

"可以解解闷儿。"

"我不够资格。"

"瞧你说的。"

千花子把叠放在腿上的手左右一分，说道:

"其实呀，我是看这黄梅天快完了，想来给他们家茶室通通风，所以，今儿个才来的。"

说完，睃了菊治一眼。

"正好文子小姐也来了，你看行不行?"

"什么?"

"让我用用你妈的纪念品，那个志野瓷水罐……"

文子抬头看了看千花子。

"也好借此说说你妈的往事。"

"要是在茶室里哭了起来，那多不好。"

"嗐，那就哭呗。怕什么的。赶明儿菊治少爷婆了亲，这茶室也就不能随便来了，尽管这儿的茶室是值得我回忆的地方……"

千花子笑了笑，然后敛容正色道:

"我是指跟稻村小姐的亲事，要是成了的话。"

文子点点头，不露一点声色。

可是，和母亲相似的小圆脸上，看得出憔悴的颜色。

菊治说:

"提这些没成的事，不是难为人吗?"

"我说的，就是'要是成了的话'。"

千花子把菊治顶了回去，又说:

"好事总是多磨。事情没成之前，文子小姐权当没听见这话吧。"

"哎。"

文子又点了点头。

千花子招呼女佣，自己起身打扫茶室去了。

"这儿的树荫，叶子还湿着呐，当心点呀。"

院子里传来千花子的声音。

三

"早上的电话里，差不多听得见这儿的雨声吧?"

菊治说。

"电话里也能听见雨声么? 我倒没留意。这儿院子里的雨声，电话里也能听见?"

文子朝院子望去。

隔着树丛，传来千花子打扫茶室的声音。

菊治也望着院子说:

"你那边的下雨声，电话里听不听得见，我也不记得了，可是过后，却有种感觉。刚才风雨骤至，声势真大呀。"

"可不。那雷声才怕人呢……"

"对了，对了，电话里你也说过。"

"连这些无聊的小事，我都像我妈。小时候，每次打雷，我妈就用和服袖子蒙住我的头。夏天，要是上街去，我妈常说，今儿个会不会打雷，总要先看看天色。即使到了现在，只要一打雷，我就吓得甚至拿袖子捂住脸。"

文子说着，从肩膀到胸口，隐约露出一股娇羞之态。

"那只志野瓷茶盅，我带来了。"

说着便站起身走了出去。

回到客厅里，她把原封包好的茶盅，放到菊治的膝前。

见菊治还在游移，便把包拉到自己面前，从盒里取出茶盅。

"那只乐家直筒碗，你妈好像也当茶杯用的，是了入烧的瓷吧？"

菊治问。

"是的。可她说，不管黑乐还是赤乐，那两只碗跟粗茶或是煮的茶，颜色不配，所以她常用这只志野小茶盅。"

"不错，黑乐显不出粗茶的颜色……"

看到菊治仍旧无意把摆在面前的志野直筒茶盅拿起展玩，文子便提起话头：

"这虽然不是什么上好的志野瓷……"

"哪里。"

可是，菊治终究觉得不好贸贸然就伸手去碰。

正像早晨文子说的，这只志野瓷的白釉上，隐隐的带点红。仔细打量之下，那红色仿佛能从白釉中渗出来似的。

并且，碗口上略微带点浅茶色，有一处，浅茶色看似更浓一些。

那儿该是唇吻的地方吧？

看来好像是沾的茶锈。也许是嘴唇碰脏的缘故。

再一看，那浅茶色中仍旧透出一丝红意。

今早文子在电话里也说到过，这难道真是她母亲的口红染在上面的？

经他这一琢磨，再看釉上的纹路，确是显出茶、红两色来。

那色调好似褪色的口红，又像萎蔫的玫瑰红——同时也像沾在什么东西上的血渍发了旧一样。想到这里，菊治心里好不奇怪。

他既感到龌龊，觉得恶心，同时又感到一种诱惑，心驰神往。

茶碗面上，黑里透青，画了几枚宽叶草。叶子中间，透出一丝锈红色。

那些草，画得纯朴刚健，仿佛要唤醒菊治那病态的官能。

碗的形状，端庄凝重。

“相当好哇。”

说着，菊治便伸手拿了起来。

“我不大懂瓷器，可是我妈喜欢，拿来当茶杯用。”

“给女人当茶杯用，倒是蛮合适的。”

菊治从自己的话里，又一次活灵活现地感知文子母亲这个女人。

尽管如此，沾上乃母口红的这只志野瓷茶盅，文子为什么要拿来给他看呢？

是天真，抑或是迟钝？菊治简直弄不明白。

只不过，文子那种毫无抵牾的情绪，好像也传给了他。

菊治一面把茶盅放在腿上转来转去地看着，一面尽量避免手指挨到嘴唇碰过的那块地方。

"请收起来吧。要是叫栗本那老婆子看见，又该啰嗦讨厌了。"

"好吧。"

文子把茶盅放进盒里，重新包好。

她带来是打算送给菊治的，似乎没有机会表示，也许是怕菊治不中意这东西。

文子站起来，把包又放回门口去了。

千花子弯着身子从院子里走了上来。

"把太田家的那个水罐子拿出来呀？"

"就用我们家的好不好？太田小姐现又在这儿……"

"瞧你这话说的？不就因为文子小姐在这儿，才用一用吗？我们正要借志野瓷这件遗物，来谈谈她妈的往事嘛。"

"你不是恨太田太太吗？"

菊治说。

"我恨她干什么？我们不过是脾气合不来罢了。再说，人死了，要恨也没法儿恨了。不过，就因为脾气合不来，对她才无从了解，另外一方面，有些地方，也把她给看透了。"

"把人看透，好像成了你的癖性。"

"能不叫我看透才好呢。"

这时，文子从走廊上过来，靠门边坐下。

千花子耸起左肩，回过头来说：

"我说，文子小姐。咱们用用你妈的志野瓷水罐，行吗？"

"哎，请用吧。"

文子回答。

菊治把刚刚放进壁橱里的志野瓷水罐又拿出来。

千花子嗖地将扇子往腰带里一插，捧着水罐到茶室去了。

菊治也走到门边，问道：

"今早在电话里，听说你搬走了，我都一愣。房子这些事，都是你一个人办的？"

"当然。不过，是熟人买下的，所以也还不算麻烦。那位熟人暂住在大矶，听说房子很小，提出可以和我对换。可是，不管房子多小，我一个人也不能住在那儿呀。而且，要上班的话，还是租房子便当。这样，我暂时就搬到朋友家去了。"

"工作定了吗？"

"没有。真要找事做，也不那么容易。我又身无一技之长……"

文子转而含笑说：

"我本来打算，等事情定了，再来拜访。要不然我无家无业，漂泊无着，在这种情况下来看您，岂不可悲。"

菊治本来想说，在这种情况下更好，但是，文子那表情，原以为孤苦伶仃的，现在看上去倒也并不显得凄凉。

"这座房子，我也想卖掉，可是一直拖拖拉拉的。因为心里总惦着要脱手，结果落水管要修的也没修，席子也坏成这样，面子都没换一换。"

"您不是要在这房里结婚么？等那时候再……"

文子开门见山地说。

菊治盯着文子的脸说：

"你是指栗本的话么？你想想，我现在能结婚吗？"

"是为了我妈的事么？她既然叫您这么伤心，她的事，我看就让它过去算了……"

四

茶道这一套，对千花子真是驾轻就熟了，所以，茶室很快就准备妥当。

"跟水罐子这么配，你看好不好？"

千花子问菊治，菊治也不懂。

见菊治没回答，文子也就没作声。两个人都盯着志野水罐。

本来在太田夫人灵位前，权当花瓶用的，今天，又恢复其本色，作水罐来用了。

这曾经是太田夫人手上的东西，现在却任由千花子摆弄。太田夫人死后，传到女儿文子手里，再由文子转给菊治。

这水罐的际遇真是不可思议，也许所有茶具大抵如此。

早在太田夫人之前，这只水罐自制作出来以后，历三四百年，迭相传承，几易其主，这些主人的命运究竟如何呢？

"这只志野瓷水罐，放到茶炉或茶釜这类铁器旁边，看着越发像个美人儿了。"

菊治对文子说：

"而且，它那遒劲的姿致，绝不亚于铁器。"

这件志野瓷，白釉里透着润泽，闪出光华。

菊治在电话里，曾告诉文子说，看见这件志野瓷水罐，便切望一睹芳容。但是，她母亲那白皙的肌肤里，难道也深蕴着女性的强毅么？

因为天热，菊治把茶室的纸格子门拉了开来。

文子身后的窗外，枫树一片青翠。枫叶茂密，投下的影子，正落在文子的秀发上。

文子那略长的颈项，上部正照着从窗子射进来的亮光里；短袖衣衫，仿佛初次上身，手臂看着有点白里透青。人不显太胖，却肩膀丰腴，手臂滚圆。

千花子也在瞅着水罐。

"水罐要是不用在茶道上，就显不出灵气。仅仅插几枝西洋花，简直是糟蹋东西。"

"我妈那时也插花来着。"

文子说。

"你妈留下来的水罐，居然跑到这儿来，真跟做梦似的，叫人意想不到。不过，你妈在天之灵，也一定会挺高兴的。"

千花子话中带刺，想挖苦她几句。

可是，文子却若无其事地说：

"一来，这个水罐我妈当过花瓶用；二来，茶道我也不想学了。"

"你千万别这么说。"

千花子环视茶室，又说：

"能在这儿坐着，心里再踏实不过了。虽说我到处都跑遍了。"

接着，又看着菊治说：

"明年是你父亲五周年忌辰，等到忌日那天，办一次茶会吧。"

"行啊。把所有冒牌茶具全摆出来，再请些客人来，倒也痛快。"

"你这话从何说起。你父亲的茶具里，就没有一件假货。"

"是吗？不过，要是全都是假货，那个茶会准会有趣得多。"

菊治又对文子说：

"这间茶室里，我总觉得有股难闻的霉味，好像充满毒气似的，要是开个茶会，用清一色的冒牌茶具，说不定能冲冲这股毒气。就算是追荐先父，追荐过后，与茶道一刀两断。虽然我早就跟茶道绝了缘……"

"你言下之意，我这老婆子怪讨厌的，老来你们茶室待着，是不是？"

千花子急速地搅着茶刷。

"就算是吧。"

"不许你这么胡说。不过，要结新缘，旧缘断了倒也好。"

千花子示意茶已经得了，把茶放到菊治面前。

"文子小姐，听了菊治少爷的气话，你妈的这件遗物，似乎找错了归宿。我一看见这只志野瓷水罐，就觉得你妈的面孔，好像映在那上面似的。"

菊治喝完茶，放下碗，转而又看起水罐来。

也许是千花子的身影，正映在那黑漆的盖子上。

文子坐在一旁发怔。

菊治无从知道，文子究竟是尽量不去触犯千花子呢，抑或根本就没把她放在眼里？

文子的神色没有不高兴的表示，跟千花子并坐在茶室里，也真是怪事。

千花子提到菊治的亲事，文子也没有显出不快的样子。

千花子历来就恨文子母女，句句话都在羞辱文子，可是文子了无反应。

难道文子因为深自悲哀，便什么都淡然处之，全不计较了么？

还是因为母亲去世的打击，使她超乎这一切之上了呢？

要不然便是乃母的禀性传给了她，一向俯仰随人，是个纯洁无邪的少女？

然而，菊治任千花子一味憎恶侮慢文子，尽量不显出有意袒护文子。

但当他发觉这情形后，心里不禁想道：倒是自己有点古怪呢。

而且，他看着千花子点好最后一杯茶，举杯自饮的样子，也觉得好不奇怪。

千花子从腰带里掏出表来，看了一眼说：

"这种小表，老眼昏花，看起来真吃力……把你父亲的怀表，送给我好吗？"

"他哪里来的怀表？"

菊治把她顶了回去。

"有的嘛，他常带在身上。上文子小姐家的时候，不是也带过吗？"

千花子故作吃惊地说。

文子垂下目光。

"是两点十分吗？两根针挨在一起，看着模模糊糊的。"

千花子又恢复她那勤快的劲道。

"稻村家的小姐给我招来一伙人，今儿个下午三点钟要学茶道。去她家之前，先到你这儿来弯一下，想讨个回话，心里好有个底儿。"

"那你就直截了当，向稻村家给我回掉吧。"

听菊治这么说，千花子便随口敷衍：

"好，好，咱就直截了当……"

笑着掩饰了过去。

"真想让那伙人，早一天到这间茶室来学茶道。"

"好办，就请稻村家把这座房子买下好了，反正我最近就打算卖掉。"

"文子小姐，咱们一道走吧？"

千花子没去理会菊治，冲着文子说。

"好的。"

"那我就赶紧把这儿收拾收拾。"

"我来帮您收拾。"

"你帮我?"

可是,千花子不等文子,径自朝水房匆忙走去。

传来哗哗的水声。

"文子小姐,我看算了吧,甭跟她一道回去。"

菊治放低声音说。

文子摇摇头:

"我怕她。"

"有什么好怕的。"

"我真怕她。"

"那么,你就跟她走一段,然后再甩开她。"

文子仍旧摇摇头,站起身来,把腿弯那里的皱褶拉拉平。

菊治险些从下面伸过手去。

他以为文子摇摇晃晃会倒下来,弄得文子满脸通红。

方才千花子提到怀表的事,把她羞得连眼角都红了,现在则是满脸飞红,如一朵盛开的红花。

文子抱起志野瓷水罐朝水房走去。

"哟,敢情你倒只管把你妈的东西拿了来?"

从里面传来千花子沙哑的声音。

双重星

一

栗本千花子到菊治家来说，文子和稻村小姐都已经结婚了。

夏天傍晚八点半的时分，天色还亮。菊治吃过晚饭，躺在廊子上，瞧着女佣买来的萤火虫笼子。萤火虫清白的光，不知什么工夫，已幻成橙黄色，这时，天也暗了下来。可是，菊治仍旧懒得起来点灯。

菊治向公司请了四五天假，到野尻湖——朋友的别墅那儿去避暑，今天刚回来。

朋友已经结婚，而且有了孩子。菊治对婴儿毫无经验，生下来有多久，究竟长得大还是小，一点也看不出，不知该说些什么才好，只得说上一句：

"这孩子发育得很不错嘛。"

"哪儿呀，生下来才小得可怜呐。最近总算长了点个儿。"

朋友的妻子回答说。

菊治在婴儿眼前晃晃手说：

"还不会眨眼睛呢。"

"东西倒能看见，眨眼睛还得过些日子。"

菊治以为婴儿有好几个月大了，其实才刚一百天。难怪那年轻的妻子，头发稀疏，脸色青黄，显然还带着产后的憔悴。

朋友夫妇的生活，一切以婴儿为中心，只管看顾婴儿，菊治觉得自己实在多余。但是，当他乘上回家的火车，朋友妻子那瘦弱的身影，始终萦绕在他脑际，久久不能离去。她看来很老实，面容憔悴，毫无生气，只是呆呆地抱着婴儿。朋友本来和父母兄弟住在一起，这生头一个孩子后不久，便暂时住到湖畔的别墅里。朋友的妻子恐怕过惯了这种小两口生活，过分的闲适泰然，竟至有些发呆。

菊治回到家里，躺在廊子上，仍在寻思朋友妻子那副模样，而这种怀念之情，圣洁之中带点悲凉的意味。

正在这时，千花子来了。

她冒冒失失地走进屋子说：

"哎哟！怎么摸黑躺在这儿呀？"

于是便坐在菊治脚横头的廊子上。

"单身汉真怪可怜的。躺在这儿，连个灯都没人给点。"

菊治蜷起腿来，待了一会儿，又不大高兴地坐了起来。

"甭见外，只管躺着好了。"

千花子右手做了个手势，让菊治躺下去。然后，又郑重其事地寒暄了一通。说她去了趟京都，回来时还顺便在箱根停了停。在京都她师傅家，遇到茶具店的大泉老板。

"我们好久没见面了，便跟他聊起你父亲的事，真说了个痛快。他说要告诉我你父亲外出幽会的那家旅馆，便把我带去看木屋町的一家小旅馆。那里，你父亲大概同太田太太去的吧。大泉老板还叫我住在那儿。这人真没脑子。一想到你父亲跟太田太太两个全作了古，不论我胆多大，睡到半夜里，没准也会害怕起来，你说是不是？"

菊治没有作声，心里想，你千花子说这些，才真的没脑子呢。

"你也到野尻湖去了一趟吧？"

千花子是明知故问。一进门，就问过女佣，而且，不经通报，便闯了进来，她历来就是这种作风。

"我刚回来。"

菊治回答的口气，显得老大不高兴。

"我回来了三四天了。"

说着，千花子又煞有介事，耸起左肩说：

"可是，回来一看，出了件事，真叫人遗憾。开头我大吃一惊。都怪我太大意，简直没脸来见你。"

据千花子说，稻村家的小姐已经结婚了。

菊治也吃了一惊，幸好廊子上很暗，看不清表情。他慢声应了一句：

"是吗？几时？"

"你倒满不在乎，像没事人似的。"

千花子挖苦说。

"本来嘛，雪子小姐的事，我不是向你回绝过几次了吗?"

"那也是口头上说说罢咧。恐怕是对我，才摆出这副面孔来。什么一开头就不情愿啦，偏是我这多嘴多舌的老婆子，好管闲事，纠缠不休，招人讨厌。你心里却在想，这小姐倒挺不错的，是不是?"

"你胡说些什么!"

菊治忍不住笑了出来。

"那小姐你挺中意的吧?"

"小姐人倒的确不错。"

"你的心思，我早就看透了。"

"说小姐好，不一定就想到结婚呀。"

然而，听说稻村小姐已然结了婚，菊治心里立即一阵翻腾，渴想回忆起小姐的面影来。

菊治只见过雪子两面。

在圆觉寺的茶会上，千花子为了让菊治端详雪子，特意叫她点茶。雪子点茶，手法朴素，流品高雅，新叶的影子映在纸格子门上，她穿一身长袖和服，肩膀和衣袖，甚至连头发，辉映之下，都显得光亮起来，这印象都还珍藏在菊治心底。可是，雪子的容貌，菊治却怎么都记不起来。当时她用的小红茶巾，以及去寺庙后院茶室的路上，手上拿着的那只桃红绉绸上印着千只白鹤的包袱等等，此刻又全都鲜明地兜上他的意识。

后来一次，雪子到菊治家的那天，是千花子点的茶。直到第二天，菊治还觉得茶室里小姐的余香依然。她身上那条绘有石菖蒲花的腰带，历历如在目前，只是小姐的身姿，却难以把握。

就说故世才三四年的父母，菊治连他们的面貌也都记不大清。一看到照片，才若有所悟，连连点头。也许越是亲越是爱的人，就越是记不住；而越是丑类恶物，越是牢记不忘。

雪子的眼神和面颊，光艳照人，在菊治的记忆里却是抽象的。可是，千花子长在乳房和心窝间的那块痣，却像癞蛤蟆一样，记忆之中十分真切。

此刻廊子上虽然很暗，菊治也知道，千花子大概穿的是那件白麻绉的和服长衬衣，她胸口上的那块痣，即便在亮处，也不会透过衣服看出的，但是，在菊治脑海中，却看得很分明。唯其因为暗得看不见，倒反能看得见似的。

"既然觉得小姐好，就不该错过机会呀。要知道稻村雪子，这世上就只这么一个。你哪怕找上一辈子，也甭想再找到第二个。这么简单的道理，还不明白？"

于是，千花子数落起菊治来：

"你经事不多，眼界倒挺高。这一来可好，把你和雪子小姐

两人的命运，全给改变了。人家小姐本来对你挺有意思，现在
嫁给别人，万一不幸，可不能说你没责任。"

菊治没有吭声。

"小姐的模样，你总归仔细看过了吧？难道你就忍心，让她
以后悔不当初早几年没嫁给你，心里老想念你么？"

千花子的语调，有点刻毒。

倘若雪子已经结婚，千花子何苦跑来说这些废话呢？

"这是萤火虫笼子么？现在还有这个？"

千花子伸过头去说：

"转眼又到挂秋虫笼子的季节了。这早晚还有萤火虫？看着
像鬼火似的。"

"大概是女用人买来的。"

"女用人那就难怪了。你要是学学茶道，就不会这样啦。在
日本，做什么事，都要讲个季节。"

经千花子这么一说，萤火虫看着倒真像鬼火似的。菊治想
起野尻湖畔，秋虫唧唧。这些萤火虫能活到今天，真是不可
思议。

"要是有了太太，你准不会这么冷冷清清，什么事都脱了班
过了时。"

说着，千花子忽作恳切状，低声说：

"我给你介绍稻村小姐，也是替你父亲出力呀。"

“出力？”

“是啊。你只顾躺在这暗处，瞧着萤火虫出神，这不，连太田家的文子小姐也出嫁了。”

“几时？”

菊治心里老大吃惊，比方才听到雪子结婚还要意外，就像给人绊了一跤似的，甚至都来不及掩饰他的惊愕。千花子或许也看出了菊治这种狐疑的神情。

“我也是，从京都回来一看，简直都愣住了。两个人就像约好了一样，一下子全出嫁了，年轻人做事，就这么轻率。”

千花子又往下说：

“我还以为，既然文子小姐嫁了人，就没人再来作梗了，不料稻村小姐这时也出阁了。稻村家那方面，弄得我也丢尽了脸，全怪你优柔寡断。”

然而，文子结婚的事，菊治仍旧不大相信。

“太田太太一直到死，都在跟你捣乱，现在，文子这一结婚，她的妖气在这个家里就该散掉了吧！”

千花子把目光转向院子。

“这样倒也痛快，一了百了。你该把院里的树木修整修整了。即使这么暗，不看也知道，树叶长得太密太乱，阴乎乎的闷死人了。”

父亲死了四年，菊治从没叫花匠来修剪过。的确，院里的树木恣意疯长，白天的余热，这时散发出来，光凭感觉也能知道。

"女用人恐怕连水也不浇吧？这些事，你可以吩咐她做嘛。"

"甭来多管闲事。"

千花子的话，句句都会让菊治皱眉头，可是，他仍旧任其说东道西。每次见到千花子，都是这么个情景。

虽说千花子的话令人生厌，她却是想讨好菊治的，同时也想试探试探他的意向。她这套伎俩，菊治早就习以为常了。有时，他嘴上反唇相讥，暗中也不无提防。千花子自然也心里透亮，可大抵装聋作哑，偶尔露点颜色，借以表示心中有数。

她的话虽然讨厌，可很少有菊治未曾想过的。而且专爱挑使菊治厌恶自己、内心嘀咕的一些事，来触他霉头。

今晚，千花子跑来告诉他，雪子和文子都出嫁了，大概就想窥探一下菊治的反应。她究竟是什么用意呢？菊治不敢掉以轻心。千花子本来想把雪子介绍给菊治，使他以此疏远文子，现在两位小姐既已另结良缘，剩下菊治作何感想，也不关她的事，可她还总是盯住菊治，想摸清底细。

菊治很想起来去开客厅和廊子上的电灯。这样摸黑跟千花子说话，想想怪不合适的。论交情，他们也没亲密到这种程度。她虽然连整理院里树木这种事也插嘴要管，这是她的脾气，菊治根本没当回事；可是，仅仅为了开一下灯，他又有点懒得起来。

千花子刚才一进屋只管嚷嚷叫黑，却也不想动弹。按她的脾气，对这类事一向很勤快，这也是职业使然。但是眼下，她似乎挺不愿替菊治出什么力。也许是因为年纪不饶人，要不就是当了茶道师傅，爱摆点架子的缘故。

"京都大泉老板托我带个口信。他说，万一你这儿有茶具要出手，希望能授权给他来处理。"

接着，千花子沉稳地说："稻村小姐这桩事也给逃掉了，你该振作一下，改弦易辙，换一种新生活。说不定这些茶具便没什么用了。虽然打你父亲那时起，就用不着我了，我也挺寒心的，可是，你们家的茶室，倒是只有我来了，才打开门窗通通风，是不是？"

啊哈，原来如此！菊治这才回过味来。

千花子的目的十分露骨。她大概见菊治和雪子结不成婚，便死了心，于是，就跟茶具店的老板勾结起来，想挖走菊治家的茶具。准是在京都和大泉老板合计好了来的。

菊治与其说是生气，倒不如说松快了起来。

"我正打算连房子都卖掉呢，到时候或许要借重他。"

"毕竟是你父辈的熟人靠得住，不管什么事，你尽可以放心。"

千花子又加上一句。

菊治心里想，家里的茶具，千花子可能比自己还清楚。说不定她早就盘算过了。

菊治朝茶室那边望过去。茶室前那棵大夹竹桃，开满白花，远看只是朦胧一片白。夜色深沉，天树之分，已难于辨别了。

二

临下班，菊治刚要走出办公室，又被电话叫了回去。

"我是文子。"

电话里声音很小。

"喂，我是三谷……"

"我是文子。"

"嗯，知道。"

"真对不起，打电话麻烦您，可是，这件事要不打电话向您道歉，就晚了。"

"哦?"

"昨天我给您寄了一封信，好像忘记贴邮票了。"

"是吗? 我还没收到——"

"我在邮局买了十张邮票，信发出后，回家一看，整整还是十张。真是糊涂。我一直寻思，怎么才能在信到之前，向您表示歉意……"

"这点小事，不必介意……"

　　菊治一面答话，一面在想，这封信难道是通知她结婚的事么？

　　"是报喜的信吗？"

　　"您说什么？一向都是打电话的，给您写信，这还是头一回，当时挺犹豫，要不要寄出去，结果把邮票给忘了贴了。"

　　"你现在在哪儿？"

　　"是公用电话，在东京站……外面还有人在等着打电话呢。"

　　"是公用电话？"

　　菊治不懂她为什么要打公用电话，却还是说了一句：

　　"恭喜你啦。"

　　"什么呀……那是托您的福，好不容易……可是，您怎么知道的？"

　　"是栗本告诉我的。"

　　"栗本师傅？她怎么知道的？真是神通广大，这个人！"

　　"反正你也不会再见到她了。上一次，电话里还听到下阵雨的声音，是不？"

　　"嗯，您那么说过。那次也是，我搬到朋友家住，不知要不要通知您，一直拿不定主意。这次又是这样。"

　　"还是告诉我的好。我也是听栗本说了，正犹疑该不该给你道喜？"

　　"要真是从此各自东西的话，就太说不过去了。"

　　她的声音低到欲无，很像她母亲。

　　菊治顿时语塞。

　　"也许我该销声匿迹……"

　　隔了一会又说：

　　"那间房间有六张席大小，也不算太干净，是跟工作同时找到的。"

　　"唔?"

　　"大热天出来上班，够我累的。"

　　"可不是，再说又刚结了婚。"

　　"什么? 结婚? 您说的是结婚?"

　　"恭喜，恭喜。"

　　"怎么? 我结婚……真讨厌!"

　　"你结婚了吧?"

　　"您说的什么呀? 我结婚……"

　　"你不是结婚了吗?"

　　"哪儿呀。我现在还有心思结婚吗? 我妈刚那样去世没多久……"

　　"唔。"

　　"是栗本师傅说的吗?"

　　"是呀。"

　　"那是为什么呢? 真不懂。您听了之后，就信以为真了?"

文子好像在对自己说话似的。

菊治忽然声音清朗地说：

"电话里说不清，见一下面好不？"

"好吧。"

"我到东京站来，你就在那儿等我吧。"

"可是……"

"要不，就在别处碰头也好。"

"我不愿在外面跟人约会，还是我去府上吧。"

"那么，我们一起回去吧。"

"一起回去，不又等于约会了吗？"

"要不要先上我公司来？"

"不。我一个人直接去。"

"好吧，我也马上回去。要是你先到，就请进屋坐吧。"

文子从东京站乘电车，可能会比菊治早到。但是，菊治总觉得能和她乘在一辆车上，所以在车站上一边走，一边在人群里寻她。

结果还是文子先到家。

听女佣说，文子在院子里，菊治便从大门旁边走进院子。文子正坐在白夹竹桃树荫下的一块石头上。

打千花子来过之后，四五天来，女佣天天趁菊治回家之前把花木浇好。院子里的那个旧水龙头还能用。

　　文子坐着的那块石头，底部看上去还湿乎乎的。倘若那株盛开的夹竹桃，绿叶茂密，衬着红花，就会像是炎夏的花木，可是，开的是白花，便显得十分凉爽。朵朵鲜花轻轻款摆，笼罩着文子的身影。恰巧她穿的是一件白布上衣，翻领和袋口都用蓝布滚上一道细边。

　　夕阳从文子身后的夹竹桃，一直照到菊治的面前。

　　"你来了。"

　　菊治亲切地走上前去。

　　文子在菊治说话之前，张口似要说什么，结果只说了句：

　　"方才电话里……"

　　说着，两肩一缩，转身站了起来。她大概以为要不这样，菊治就会走过来，说不定会来拉她的手。

　　"因为您电话里那么说，我才来的。来打消……"

　　"结婚的事么？我听了都大吃一惊。"

　　"嫁给谁呢……"

　　说罢，文子垂下目光。

　　"这倒没听说。反正，听说你结婚，和听你说没结婚，两次都叫我很吃惊。"

　　"两次？"

　　"那可不是！"

　　菊治顺着石步，向屋子走去，说道：

"从这里上来吧。你方才可以进房等我嘛。"

说着，便在廊子上坐了下来。

"前几天我旅行刚回来，正躺在这里休息，栗本跑了来。是个晚上。"

这时，女佣在屋里招呼菊治。大概是他离开公司前，打电话叫的晚饭送来了。菊治起身走进去，顺便换了一件白色细麻纱衣服出来。

文子似乎也重新匀了一下脸。等菊治坐下，便问道：

"栗本师傅她怎么说？"

"她只告诉我，听说文子小姐也结婚了……"

"您就当真了么？"

"我没想到她会撒这个谎……"

"一点都不疑心？"

文子那双漆黑的眸子，转眼之间湿润起来。

"我现在能结婚么？您想想看，我能那么做么？妈和我吃了那么多苦，伤透了心，到现在还余痛在心……"

在菊治听来，仿佛她母亲还没有离开人世似的。

"妈和我生性轻信，相信人家总会了解我们的。难道这是梦想不成？这种事，只有自己知道……"

文子止不住掩泣起来。

菊治沉默有顷，说：

"你以为我现在能结婚吗？上次我对你说过，就是下阵雨那天……"

"打雷那天么？"

"是的。今天倒反过来由你说了。"

"不对，那是……"

"你不也常常说我，快结婚了吧？"

"哪儿呀，您跟我可完全不同。"

文子眼泪汪汪，瞧着菊治说。

"您跟我不一样。"

"怎么不一样？"

"身份也不同……"

"身份？"

"是啊，身份不同，如果身份这词儿不恰当，那么，能不能说，是身世不光彩？"

"就说是罪孽深重吧……那恐怕是我吧？"

"不!"

文子使劲摇了摇头，泪水夺眶而出。有一滴眼泪竟顺左眼角流到耳边。

"要说罪孽，早叫我妈背着带进坟墓去了。不过，我倒不认为是罪孽。那只是我妈的悲哀。"

菊治低头不语。

“罪孽也许不会消失，悲哀是会过去的。”

“然而，如果说成是你身世不光彩，岂不是令堂的死，也显得不那么光明磊落了吗?”

“那么，还是说成悲哀之深切的好。”

“悲哀之深切……”

菊治想说，也是因为爱得深切，但没有说出口来。

“除了这些，您又在和雪子小姐议婚，这也跟我不一样呀。”

文子似乎把话题拉了回来，接着说道:

“栗本师傅一直认为，是我妈碍了你们的事。她说我结婚了，也是因为把我也看成是绊脚石。我看只能这么认为。”

“可是她说，稻村小姐也结婚了。”

文子顿时神情沮丧，却又说:

“骗人……她骗人！她一定又在骗人!”

接着又用力摇了摇头问道:

“那是几时的事?”

“稻村小姐结婚么? 大概是最近的事吧?”

“她一定又在说谎。”

“她告诉我，你们两个全结婚了，我更相信你或许真的结婚了。”

菊治低声说着:

“不过，雪子小姐倒真有可能结婚……”

"她胡说！哪有大热天结婚的。单穿薄薄一层衣裳，还汗流浃背呐。"

"这倒是。不过，难道夏天就没人举行婚礼么？"

"嗯，差不多……当然，也不是绝对没有，一般婚礼总拖到秋天，或是别的时候……"

不知因缘何事，文子眼里又重新涌出泪水，滴落到腿上，她凝眸望着泪痕。

"可是，栗本师傅说这种谎，究竟为什么呢？"

"还真叫她骗着了。"

菊治也说。

然而，这件事为什么偏偏会勾出文子的眼泪呢？

至少，说文子结婚，现在已经证实是谎话。

至于雪子，也许当真结婚了，而千花子为了让菊治疏远文子，便连带说文子也结婚了。这种怀疑又兜上菊治的心头。

他心里总不大信服。甚至觉得，雪子结婚似乎也是子虚乌有的事。

"总之，雪子小姐结婚的事，究竟是真是假还没弄清之前，无法知道栗本是不是在恶作剧。"

"恶作剧？"

"就当她是恶作剧好了。"

"可是，今儿个我要不打电话，还不叫人以为结婚了吗？这个恶作剧，可太过分了点儿。"

女用人又来叫菊治。

不大会儿，菊治拿了一封信，从里面走出来。

"你那封信到了。没贴邮票……"

说着，便神情轻松地想要拆信。

"别拆了。不必再看了……"

"为什么?"

"不愿叫您看嘛，还给我吧。"

说着，文子跪着蹭过去，想从菊治手里抢过信来。

"还给我嘛!"

菊治倏地把手藏在背后。

正在这工夫，文子的左手一下按在菊治的腿上，右手伸着想去夺信。两手动作一乱，身体几乎失去平衡。看来快要倒在菊治身上，她用左手向后一撑，右手仍伸前去够菊治身后的信。这时，她身子往右歪了一歪，险些倒向前去，一边脸快碰到菊治的腹部。可她竟一机灵，躲闪开了。连她按在菊治腿上的左手，也只是轻轻地碰一下而已。这样一双柔软的手，怎能撑得住那向右歪，又往前倒的上半身呢?

菊治看到文子危岌岌要斜着倒下来的样子，顿时浑身紧张。却没料到她体态那么轻盈，差点儿失声叫了出来。他感到她是十足的女人，也不由得感觉出她的母亲——太田夫人。

文子是在什么工夫闪开的身子？又是在哪一瞬间露出娇柔无力的样子的呢？那简直是不胜温柔。似乎是女性本能的一种奥秘。菊治还以为文子会重重撞过来，谁知她只是挨近前来，好似一阵温馨的香气扑面而过。

那香气好芳冽啊。夏日里，从早到晚出门工作的妇女，身上的气味总是很浓的，菊治嗅到文子的气味，好像也嗅到了太田夫人的气味。仿佛就是与太田夫人拥抱时的气味。

"哎呀，您还我吧！"

菊治顺从地给了她。

"撕掉算了。"

文子转向一旁，把自己的信撕得粉碎。脖子和露出的手臂都汗津津的。

刚才文子怕倒下去，身子一闪，脸色发青，等她坐正以后，才慌得满面飞红，大概就在那时出的汗。

三

附近馆子叫来的晚饭，都是千篇一律，毫无味道。

菊治面前，摆着那只志野瓷的直筒茶碗，是女用人照平时习惯，拿出来放在那里的。

菊治才刚发现，而文子一眼就看见了。

"哟，那只茶盅您都用上了？"

“嗯。”

“真糟糕。”

文子的声音，似乎还不像菊治那样难为情。

“送您这件东西，真有点后悔。这事，我那封信上还提了一笔呐。”

“说些什么？”

“也没什么，不过是表示一下歉意，送了这么一件微不足道的东西……”

“这可不是什么微不足道的东西。”

“并不是什么太好的志野瓷，连我妈平时也一直当茶杯用。”

“这我不懂，不过，这件志野瓷不是蛮好的吗？”

说着，菊治把直筒碗拿在手里打量。

“可是，比这更好的志野瓷，多得很呐。您用这只茶盅，就会想起别的茶碗来，会觉得别的志野瓷更好……”

“我们家的志野瓷里，好像没有这种小茶盅。”

“府上没有，别处能看到呀。所以，您用这只茶盅，要是想起别的碗来，觉得那种志野瓷更好，妈和我都会伤心的。”

菊治喉咙里哼了一声，咽了口气，可嘴上却说：

“我跟茶道的缘分，差不多是断了，不会再看见什么茶碗了。”

“可是，难保您会在什么场合碰到呢？再说，好些的志野瓷，以前也总该见到过呀!"

"照你这么说，送人只能送最好的东西喽?"

"本来嘛。"

说完，文子索性仰起脸来，眼睛盯住菊治说:

"我是这么认为。在信上我还请您把它摔碎扔掉了事。"

"摔碎? 把这只碗?"

文子逼视菊治，菊治只好支支吾吾地说:

"这件是志野古窑烧的，大概有三四百年历史了。当初也许是酒席上的用具，既不是饭碗也不是茶杯。后来当小茶盅用，恐怕也年深月久了。所以，古人才这么珍重，传了下来。说不定还有人出门时，放在茶箱里，带到远处去过。这么一件东西，你怎么能由着性子，便摔了呢!"

而且，据说碗口上还染有文子母亲的口红。

听文子说，她母亲告诉过她，口红沾在碗口边，擦也擦不掉。菊治拿到这只志野碗后也发现，碗口上有一处显得略脏，洗刷不去。当然，那颜色并不像口红，是浅茶色的，隐约带点红，要说是口红褪了色，也未尝不可。但也可能是志野瓷本身就隐隐发红。再说，当茶碗使，嘴唇挨到的，常是老地方，所以，说不定文子母亲前面的物主，嘴印还留在上面。不过，太田夫人平时一直当茶杯使，恐怕还是她用得最多。

菊治寻思过，当茶杯使，难道只是太田夫人自己的想法么?

会不会是他父亲出的主意，让夫人这么用用看呢？

他还疑心，了入的那对黑红圆筒形茶碗，太田夫人似乎就用来代替茶杯，当成跟菊治父亲共用的夫妻碗。

让她把志野瓷水罐当作花瓶，用来插玫瑰和石竹，拿志野瓷的圆筒碗当作茶杯，等等，从这些情节看来，父亲恐怕把太田夫人看作是美的化身了吧？

他们两人去世以后，水罐和圆筒碗，都转到菊治手里，现在文子也来了。

"这倒不是我逞着性儿，真的，您摔掉吧。"

文子说。

"送您水罐时，看您欣然收下，便想起另外还有一件志野瓷，就顺便送给您当茶杯用，可是，事后又觉得怪不好意思的。"

"这件志野瓷，恐怕不该当茶杯用，否则太可惜了……"

"但是，好东西还多得很呐。要是您用了这个，又惦着别的，那我会难过的。"

"你的意思是，只有最好的东西，才能送人，是吗？"

"那也要分谁，看什么场合。"

菊治心里极为感动。

难道文子的想法，是在太田夫人的遗物中，凡是能使菊治忆及夫人和文子，或者使他能更亲切地感知她们的东西，都堪称为珍品么？

文子深自期许，只有那无上的精品，才够资格作她母亲的纪念品；她这意思，菊治想必也能领会。

那除了表明文子最高贵的感情，还能是什么呢？眼前这个水罐，便是明证。

志野瓷那温馨冷艳的表面，使菊治联想到太田夫人的肌肤。可是，那上面却毫无罪孽的阴影和丑恶。难道因为水罐是珍品的缘故？

望着这高贵的遗物，菊治深感，太田夫人在脂粉队里是最高贵的妇女。而那无上的精品是没有一点瑕疵的。

下骤雨那天，菊治打电话给文子说，看到那水罐，便很想见她。因为是在电话里，他才敢这么说。因为听他这么讲，文子才说还有一件志野瓷，于是便把这只圆筒碗给他送到家里来。

不错，这只圆筒碗大概不如水罐那么名贵。

"家父好像有一只出门用的茶具箱……"

菊治想了起来，说道：

"那里面的东西，准比这件志野瓷要差。"

"是什么样的碗？"

"那我倒没看见过。"

"能叫我看看？一定是令尊的那个好。"

文子说。

“要是比令尊的那个差，这件志野瓷就可以摔碎了吧?”

“很难说。”

饭后吃西瓜时，文子一面灵巧地剔瓜子，一面催促菊治，要看那只茶碗。

菊治吩咐女佣去打开茶室，然后走到院子里，打算去找茶具箱，可是文子也跟了来。

“究竟放在哪儿，我还不知道。栗本倒比我清楚……”

菊治转过头来说。那株夹竹桃白花吐艳，文子正站在盛开的花荫之下，只看到树根那里，露出她那双穿了袜子、套着木屐的脚。

茶具箱放在水房里的横搁板上。

菊治搬进茶室，放在文子面前。文子以为菊治会替她打开包，便端端正正坐等在那里，过了一会儿才伸出手去。

“那么我就打开了。”

“积了这么多灰尘。”

文子刚解开外面的包装，菊治便站起来，拎到廊子上，把灰尘掸到院子里。

“水房的架子上，有只死知了，都长了蛆了。”

“这间茶室倒挺干净。”

“是么? 前几天，栗本刚来打扫过。她那天来，就是为了告诉我，你和稻村小姐都结婚了。因为是晚上，可能连知了也给关进了屋里。"

文子从箱子里取出一个茶碗包，弯着腰，解碗袋上的带子，手指还微微发颤。

菊治从侧面看过去，她那浑圆的肩膀，向前耸着，颈项修长，尤其显眼。

微微翘起的下唇，抿得紧紧的，连同毫无装饰的耳垂，显得楚楚可怜。

"这是唐津瓷呀。"

文子仰起脸来，望着菊治说。

菊治也坐到了跟前。

文子把碗置于席上，说：

"这碗可真好。"

这是一只直筒形的唐津瓷小茶盅，也可以当普通茶碗用。

"又敦实，又气派。比那件志野瓷好多了。"

"拿志野瓷和唐津瓷相比，恐怕不合适吧？"

"可是，摆在一起，一看就知道的呀。"

菊治也被唐津瓷的魅力吸引住了，便放在腿上打量着。

"那就把那件志野瓷拿来比比看？"

"我去拿。"

说着，文子便站起来，走了出去。

她把志野瓷和唐津瓷两只碗并排摆好，两人不由得对看了一眼。

随后，视线又同时转向茶碗。

菊治慌忙说：

"这里，一只是男茶碗，一只是女茶碗嘛。这么并排一看……"

文子似乎说不出话来，只点了点头。

菊治也觉得，自己的话有点离奇。

唐津瓷上没有花纹，完全是素色的，黄里透绿，还带点绛紫。型制刚健有力。

"出远门也带着，可见令尊喜爱的程度；这只碗简直好比是令尊本人呢。"

文子说了句危险的话，可是自己并没有意识到。

然而，对那只志野瓷，菊治却不能说好比是文子的母亲。因为，摆在那里的两只碗，就如同菊治父亲和文子母亲的两颗心。

三四百年前的茶碗，形态朴质纯正，不会引起人作病态的遐想，但却充满生命力，甚至还带点官能的刺激。

把自己的父亲和文子的母亲看成两只茶碗，在菊治的意念中，摆在面前的两只茶碗，仿佛就是两颗优美的灵魂。

茶碗本身是现实的，而现实中自己与文子围着茶碗，相对而坐，使人觉得也是纯洁无瑕的。

太田夫人头七后的第二天，菊治曾对文子说过，两个人这样相对而坐，说不定有点过分，但是，纯洁无瑕的碗面，难道能打消对罪恶的恐惧么？

"真美呀。"

菊治一人在自言自语。

"我父亲并非雅人，却爱摆弄茶碗之类东西，或许就是为了麻痹他那罪恶意识吧？"

"看您说的。"

"不过，看着这只碗，却不会想到原来物主的坏处。人寿几何，先父的寿命竟只有这件传世茶碗的几分之一……"

"死亡就在我们脚下。真可怕！虽然我们脚下就是死神，却又不能总是这样，叫我妈的亡魂把自己给缠住，我也曾想法要解脱来着。"

"可不是嘛，要是叫死人给缠住了，自己就会觉得好像也不是这世上的人似的。"

菊治接口说。

这时，女佣把铁壶之类拿了进来。

她大概以为，菊治他们在茶室待了这么久，准是要用开水点茶了。

菊治劝文子就用眼前这对唐津碗和志野碗，照旅行方式点一下茶。

文子柔顺地点点头说：

"为了惜别，在摔碎我妈这件志野瓷之前，就当作茶碗用一次吧。"

于是，从茶具箱里拿出茶刷，到水房那里去洗干净。

夏日尚未向晚。

"权当是旅行好了……"

文子在小茶盅里，一面搅小茶刷，一面说。

"旅行的话，是住在什么旅馆里吗？"

"不一定非住旅馆嘛，或者在河畔，或者在山巅。咱们好比用山谷里的溪水点茶，对了，方才要是用冷水，也许更好……"

文子从茶盅里拿出茶刷，抬起漆黑的眸子，瞟了菊治一眼，这时手上正在转动那只唐津碗，目光立即收了回来，看着手上。

接着，把茶碗挪过去，眼波也移到菊治的膝盖前。

菊治觉得，文子仿佛也跟着流了过来。

这回文子把母亲的志野碗放在自己面前，茶刷子碰在碗边上窸窸作响，于是便住手说：

"真难弄。"

"碗太小，不好搅吧？"

菊治虽这么宽慰她，文子的手依旧在哆嗦。

手一停，茶刷便在小茶盅里搅不开了。

文子凝视着自己发紧的手腕，垂下头一动也不动。

"我妈不让我点茶呢。"

"噢?"

菊治霍地站了起来,好似扶起一个被咒语定住的人似的,抓住文子的肩膀。

文子没有撑拒。

四

菊治不能入睡,等到挡雨板的缝隙里,露出一线曙光时,便向茶室走去。

院子里洗手的石钵前,地上还留着志野瓷的碎片。

拿四块大的碎片在手上对起来,刚好成茶碗形,只是碗边上有个缺口,有拇指那么大小。

他想,残片可能还在,便在石头当中找起来。可是,立即便停住了。

抬眼望去,东边的树林中间,有一颗很大的星星在熠熠发光。

启明的晨星,菊治已有几年没看到了。一面思忖,一面站起来,看到一片浮云正遮住天空。

星光从云中璨然四射,那颗星显得格外大。晨星的边缘,好似水汽淋淋的。

晨星如此清新明丽,自己却在捡茶碗的碎片,往一起对拢,菊治不由得自怜自叹起来。

于是，把手中的碎片又随手丢在那里。

昨天晚上，菊治来不及阻拦，文子便把茶碗朝石钵上摔去，顿时碎成几片。

菊治当时没有留意，文子悄悄走出茶室时，手上拿着茶碗。

"啊!"

菊治失声叫了起来。

茶碗的碎片散在黑糊糊的石缝中，菊治顾不得去捡，径自跑去扶住文子的肩膀。因为文子蹲在那里，把碗摔碎后，身子便向石钵倒了过去。

"会有更好的志野瓷的!"

文子喃喃地说。

难道菊治拿更好的志野瓷做比较，伤了她的心么？

后来，菊治辗转难眠的时候，愈来愈觉得文子这句话，充满清幽哀怨的韵味。

等到院子里现出曙色，他便出去看那摔碎的茶碗。

可是，因为看见了星星，便把刚拾起的碎片又扔掉了。

于是，他又抬眼望去。

"啊!"

菊治叫了出来。

星星不见了。他瞅了瞅扔掉的碎片，就在这一瞬间，启明星躲到云彩里去了。

菊治怅然若失，向东边天际，凝望了半天。

云层看着并不太厚，却找不到星星的踪影。天边被云彩遮断，挨着市街的屋顶上，淡淡的一道红，愈来愈深了起来。

"扔在这儿也不行。"

菊治一个人自言自语，把志野瓷的碎碗片又捡了起来，揣进睡衣的怀里。

要是这样扔掉不管，未免令人心疼。而且，也怕栗本千花子来了兴师问罪。

文子大概经过深思熟虑，才下决心摔的，所以，这些碎片，菊治也不打算保留，准备埋在石钵旁边。临了，他又把碎片包在纸里，放进壁橱，然后，钻进被窝里又躺了下来。

文子究竟怕菊治拿什么东西同这件志野瓷比较呢？

她这份担心是怎么来的呢？菊治有些纳闷。

何况，昨夜今晨，他压根儿就没想过，要将什么人同文子比较。

对菊治来说，文子已是无可比拟、至高无上的存在，是他命运的主宰。

以前，菊治无时无刻不记着，文子是太田夫人的女儿。而现在，他似乎忘了这些。

母亲的身体妙不可言地转生在女儿身上，菊治曾神魂颠倒做过不少梦，如今反倒消失得无影无踪了。

很久以来，菊治一直给罩在一道又黑暗又丑恶的帷幕里，现在他终于钻了出来。

难道是文子那纯洁的苦痛，超度了菊治？

文子没有撑拒，只是纯洁本身在抵抗。

这正可以看作，文子沉入咒语和麻痹的深渊之中，而菊治正相反，反倒从咒语和麻痹中解脱了出来。正好比一个中毒的人，最后服了极量的毒药，反而出奇制胜，以毒攻毒。

菊治一上班，就给文子打了个电话。听说她在神田那里的一家呢绒批发店做事。

文子还没来上班。菊治因睡不着觉，老早就出门了，文子难道一大早还在睡懒觉不成？菊治想，她或许是害羞，今天就待在家里不出来了？

下午又打了一个电话，文子仍然没有上班。菊治便向她店里的人打听她的住址。

她昨天的信里，该是写有搬家后的新住址。可是文子连信封一起撕掉，塞进衣袋里了。吃晚饭的时候，谈到她的工作，菊治这才记住呢绒批发店的店名。可是却忘记问她的住址了。因为文子的住处似乎已经移到菊治的心里了。

菊治下班后，找到文子租赁的那间房子，在上野公园的后面。

然而，文子不在家。

一个十二三岁的女孩，好像刚放学回家，穿着水兵服，走出门来，又进屋问了一下，才出来说：

"太田小姐今早说，要跟朋友出去旅行，不在家。"

"去旅行？"

菊治反问了一句。

"已经出门旅行去了？今天早晨几点走的？她说到什么地方去？"

女孩子又折回屋里，这回离得远一些，回答说：

"不大清楚。因为我妈不在家……"

回话时，一副害怕菊治的样子。这是个眉毛很稀的女孩子。

菊治走出大门，回头看了一眼，却猜不出哪间是文子的房间。这是栋不大的二层楼，还有一方很小的院子。

"死神就在我们脚下。"想起文子这句话，菊治的腿都软了。

他掏出手帕来擦脸。每擦一把，就好像擦去一层血色，可他还是使劲地擦。手帕擦得又脏又湿，背上陡然出了一身冷汗。

"她不会去死的。"

菊治对自己说。

文子给了菊治重新生活的勇气，当不至于自蹈死地。

然而文子昨天的一切，不正表示她一心想死么？

或者说，她怕自己跟母亲一样，是个罪孽深重的女人？

"就让栗本一个人活在世上好了……"

菊治仿佛对着假想的敌人，出了一口恶气似的狠狠说道，然后朝公园的林荫深处疾步走去。

（一九四九至一九五一年）